AF595503

PAPIER
FRESSERCHEN
MIM-VERLAG
DIE BÜCHER MIT DEM DRACHEN

Impressum:

Alle weiteren Personen und Handlungen des Buches sind frei erfunden.
Ähnlichkeiten mit lebenden oder verstorbenen Personen sind
zufällig und nicht beabsichtigt.

Besuchen Sie uns im Internet:
www.papierfresserchen.de

Mühlstraße 10, D- 88085 Langenargen
Telefon: 07543/9081356
info@papierfresserchen.de

Erstauflage 2021

Cover gestaltet mit Bildern von
© DanIce (Katze) und © kopecky76 (Flügel) – Adobe Stock lizensiert

Bearbeitung: Marie Meier
Lektorat: CAT creativ – www.cat-creativ.at
Druck: Bookpress / Polen

ISBN: 978-3-86196-983-9 - Taschenbuch
ISBN: 978-3-96074-381-1 - E-Book

Zaubermaus

Ein Katzenengel zurück auf Erden

Band 3

Ingo Schorler

Prolog

Nachdem Zaubermaus im hellen Lichtschein verschwunden war, stand ihr Freund Paul nun ganz alleine da. Er wusste, dass er dieses Mal richtig großen Mist gebaut hatte, denn er hätte Drago natürlich nicht einfach so umbringen dürfen. Aber irgendwie hatte er sich nicht unter Kontrolle gehabt und irgendwie war dies ja auch der einzige Weg gewesen, Zaubermaus das Leben zu retten. Allerdings hatte er nicht damit gerechnet, dass Zaubermaus nun für seine Taten geradestehen musste. Paul war sehr betrübt und es gelang ihm in den folgenden Wochen und Monaten kein einziges Mal, in irgendeiner Form Kontakt zu Zaubermaus aufzunehmen.

Paul wurde zusehends trauriger, er begann zu trinken, weil ihm der Alkohol Trost spendete, ließ er sich gehen. Zum Schlafen verkrümelte sich Paul jede Nacht unter eine Brücke, wo er Gleichgesinnte traf, die ein ebenso hoffnungsloses Leben führte wie er. Denn tatsächlich wusste Paul ohne Zaubermaus auf der Erde nicht anzufangen. Der Katzengott nahm keinen Kontakt zu ihm auf und auch neue Aufträge wurden ihm nicht zuteil. Paul verfiel immer mehr in Selbstmitleid. Bald schon war er nur noch ein Schein seiner selbst – verwahrlost und struppig, er mochte sich selbst kaum mehr.

Und immer wieder stellte er sich stets die eine Frage: Würde er Zaubermaus jemals wiedersehen?

1

Doch eines Tages hatte Paul es satt, sich so gehen zu lassen. Er wusch sich ordentlich, rasierte seinen langen grauen schmutzigen Bart ab, man erkannte ihn anschließend kaum wieder. Auch neuen Sachen zum Anziehen besorgte er sich, schließlich passten die abgewetzten Klamotten, die er in den zurückliegenden Wochen getragen hatte, nicht mehr zu seinem nun sauberen Erscheinungsbild.

Gerade als er dabei war, die alten Fetzen in einer Tonne zu verbrennen, hielt eine schwarze Limousine direkt neben ihm. Das Fenster wurde heruntergekurbelt und eine dunkle Stimme fragte: „Bist du Paul?"

Als Paul nickte, dann öffnete sich die Tür und die Stimmer forderte Paul zum Einsteigen auf, was er auch tat. Zunächst wunderte es sich, warum diese Person seinen Namen kannten und woher sie gewusst hatte, wo er war? War das hier vielleicht eine Falle oder sollte er nun zur Rechenschaft gezogen werden für das, was er getan hatte? Paul wurde ganz unwohl.

Nach gut einer Stunde Fahrt hielt die Limousine vor einem riesigen Hochhaus an. Die Stimme befahl Paul, auszusteigen und in das Hochhaus zu gehen. Paul überlegte nicht lange und tat, wie ihm gesagt worden war. Immer wieder aber dachte er auch an Zaubermaus. Und hätte Zaubermaus nur an seiner Stelle getan? Vorsichtig setzte Paul einen Schritt vor den nächsten, ging einen langen Gang entlang und stand plötzlich vor einer riesig großen Tür, die sich automatisch öffnete.

Paul trat ein und eine strenge Stimme ertönte. „Bist du Paul?", wurde er wieder gefragt. Doch dann fuhr die Stimme fort, noch ehe er hatte antworten können: „Der mit Zaubermaus auf der Erde so vielen Menschen geholfen hat? Und ab und zu mal aus der Reihe getanzt ist? Und Zaubermaus ab und zu mal in Schwierigkeiten gebracht hat? Und für einen ziemlich unrühmlichen Abgang von ihr hier auf Erden gesorgt hat?"

Paul wusste gar nicht so recht, was er antworten sollte, rang sich dann aber dazu durch, alles zuzugeben. „Ja", erwiderte er, „das hab ich alles getan. Aber nur, weil es sein musste. Und: Ich würde es immer wieder tun. Ich würde sogar mein Leben opfern für Zaubermaus! Auch wenn ich der Sohn des Teufels bin, ich bin hier auf Erden, um Menschen zu helfen! Doch wer seid ihr eigentlich? "

Die Stimme lachte. „Paul, du weißt schon, wer ich bin." Dann erschien ein riesengroßer Löwe, vollkommen aus Gold mit riesigen Engelsflügeln und einem riesigen Heiligenschein. Es war der Katzengott persönlich, der nun vor Paul stand. „Du weißt sicherlich, dass Zaubermaus sich für dich geopfert hat?"

Paul sagte: „Ja, das weiß ich. Wenn du einen bestrafen willst, dann bestrafe mich und nicht Zaubermaus."

Doch offensichtlich gefiel dem Katzengott Pauls Ton nicht, denn er brüllte sehr laut: „Was fällt dir ein, so mit mir zu reden? Du weißt wohl nicht, mit wem du gerade redetest?"

Um ein wenig den Zorn des Katzengottes zu zähmen, antwortete Paul: „Kein Tier hat so viel Respekt vor dir wie ich, der Sohn des obersten Teufels. Und nur du weißt ganz genau, wie wir deinen Katzenhimmel einst gerettet haben – oder hast du das schon vergessen?"

Das wurde der Katzengott still und nachdenklich und schwieg eine ganze Weile. Doch dann sah er Paul offen an und übergab ihm eine kleine Kiste mit den Worten: „Öffne sie erst, wenn du dieses Haus verlassen hast. Bedenke ab jetzt immer, dass dies das letzte Mal war, dass ich dir geholfen habe." Dann war der Katzengott plötzlich verschwunden und Paul alleine. Der nahm die Kiste, verließ das Hochhaus auf dem gleichen Weg, auf dem er es betreten hatte, und öffnete die kleine Kiste, kaum dass er wieder auf der Straße stand.

Eine leise Stimme ertönte aus der Kiste, als er den Deckel hob, und wieder kam die Frage: „Paul, bist du das?"

Der Angesprochene sah in die Kiste ... und erblickte eine mittelgroße Katze mit Heiligenschein und Engelsflügel! Er konnte sein Glück gar nicht fassen, denn ja, ich war es, seine Zaubermaus, die ihn ansah. Sofort hob er mich heraus und ich stand in voller Größe vor ihm. Und auch, wenn sich mein Äußeres wieder einmal stark verändert hatte, er wusste sofort, dass das hier *seine* Zaubermaus war. Er knuddelte mich so doll, dass ich schon bald schrie: „Paul, mir bleibt die Luft weg ..."

„Hups", entschuldigte er sich bei mir. „Das wollte ich nicht, aber ich freue mich so, dass du zurück auf Erden bist." Und dann erzählte er mir alles, was seit meinem Weggang so alles passiert war, und vergaß auch nicht, zu berichten, wie er sich hatte gehen lassen. Natürlich schimpfte ich mit Paul, aber auch ich war zufrieden, dass wir nun wieder vereint waren. Jetzt würde es sicherlich auch nicht mehr lange bis zum nächsten Auftrag dauern.

2

Paul war megaglücklich darüber, dass ich wieder bei ihm war, er war sogar so glücklich, dass er gleich ein schönes altes Auto kaufte. Nun ja, als ich das Auto sah, sagte ich nur: „Oh mein Gott!" Aber immerhin fuhr es ... und das war wichtig, denn unser erster neuer Auftrag führte uns direkt in ein Krankenhaus.

Paul hatte hier das Amt eines Seelsorgers inne, denn bei unseren Aufträgen auf Erden konnten wir ja schließlich nur in Menschen- und nicht in Tiergestalt auftreten. Ich, Zaubermaus, war dieses Mal als Ärztin unterwegs. Bei meiner ersten Visite im Krankenhaus kam ich auf die Station, auf der Leute lagen, die auf ein neues Herz oder andere Organe warteten.

Ein Mensch fiel mir dort gleich ganz besonders auf, es war ein junger Mann, der seit Monaten an einer Maschine hing – seinem künstlichen Herzen. An seinem Bett saß eine junge Frau und hielt die Hand des Mannes ganz fest. Sie weinte, ihre Augen waren schon ganz rot vom vielen Weinen. Als die Frau mich sah, fragte sie sogleich, ob denn das Spenderherz schon eingetroffen wäre. „Es sollte heute per Flugzeug hergebracht werden", fügte sie nach einem Moment des Schweigens hinzu.

Ich nickte ihr freundlich zu. „Ich kümmere mich sofort darum." Dann bat ich Paul, bei dem jungen Paar zu bleiben.

Plötzlich piepste mein Notruffunker an meiner Brusttasche. Ich blickte Paul an, verließ den Raum und kam wenig später mit einer sehr unerfreulichen Nachricht zurück.

„Man berichtete mir gerade, dass das Flugzeug, welches das neue Herz für Ihren Mann bringen sollte, vom Radar verschwunden ist. Keiner weiß, wo es abgeblieben ist. Laut Wetterbericht soll es ein starkes Unwetter gegeben haben. Man vermutet, dass das Flugzeug abgestürzt ist. Aber noch hat der beauftragte Rettungsdienst keine Gewissheit."

Die junge Frau brach in Tränen aus. Dieses Herz war die letzte Chance für ihren Mann, zu überleben.

Ich wusste sofort, dass ich etwas unternehmen musste und beruhigte die junge Frau: „Noch haben wir Hoffnung, dass alles gut wird.“ Und an Paul gewandt sagte ich: „Paul, gib mir mal die Wagenschlüssel.“

Paul fragte sogleich: „Soll ich mitkommen?“

Doch ich schüttelte den Kopf: „Nein, Paul, du wirst hier gebraucht. Ich muss unbedingt herausfinden, was mit dem Flugzeug passiert ist. Selbst wenn es abgestürzt ist, haben wir noch acht Stunden Zeit, die Box, in der das Herz transportiert wird, zu bergen. Ist es unbeschädigt, können wir trotzdem transplantieren.“

Gerade als ich das Krankenhaus verlassen wollte, piepte mein Funk erneut und ich erhielt die Nachricht, dass das Flugzeug tatsächlich abgestürzt war, es keine Überlebenden gegeben hatte und das Flugzeug vollkommen zerstört war. Ich war verzweifelt und fragte gleich noch einmal nach, doch mein Gesprächspartner bestätigte – aus dem Flugzeuge könne man nichts und niemanden mehr bergen.

Für einen Moment musste ich mich setzen. Wie sollte ich das dem jungen Paar, das doch noch sein ganzes Leben vor sich hatte, beibringen? Ich überlegt, dann fasste ich einen Entschluss. Ich telefonierte sämtliche Krankenhäuser und Organspendeorganisationen ab, die mir in den Sinn kamen. Doch niemand konnte mir helfen. Ich wollte schon aufgeben, da kam erneut eine Nachricht per Pieper. Ich wurde dringend in die Notaufnahme gebeten, da es einen schweren Motorradunfall gegeben hatte und alle nur erdenklichen Kräfte nun gebraucht wurden.

Ich beeilte mich, jetzt ging es um Leben und Tod. Doch als ich den Schwerverletzten auf dem OP-Tisch sah, hatte ich wenig Hoffnung auf sein Überleben. Der Mann war frontal mit einem Lkw kollidiert, der ihm die Vorfahrt genommen und ihn dann noch viele Meter mitgeschliffen hatte. Schon bald mussten wir Ärzte den Hirntod des Mannes feststellen, jede Hilfe war hier zu spät gekommen. Gerade als wir die Maschinen abstellen wollten, an die der Verletzte angeschlossen worden war, rief eine Schwester: „Der junge Mann hat ein Organspendeausweis!“

In der Zwischenzeit war auch die Familie des Mannes eingetroffen. Seine Eltern und seine Frau bestätigten mir und meinen Kollegen, dass es der Wunsch des Mannes gewesen sein, sollte er einmal plötzlich sterben, seine Organe an andere schwer kranke Menschen weiterzugeben. Die Mutter des Mannes, eine Frau um die 70, lächelte bei den Worten: „Nun kann mein Olaf doch noch ein wenig weiterleben.“ Bei diesen Worten hatte sie Tränen in den Augen.

Nachdem die nötigen Untersuchungen gemacht und die notwendigen Formulare ausgefüllt waren, machten sich wir Ärzte uns an die Arbeit, denn nun galt es, das Leben anderer Männer und Frauen zu retten.

Die ersten Untersuchungen bestätigten schließlich meine große Hoffnung, dass sein Herz das richtige für meinen Patienten nur wenige Stationen weiter war. Sogleich überbrachte ich der jungen Frau des herzkranken Mannes die gute Nachricht, die es kaum fassen konnte, dass ihr Mann gleich zweimal das Glück gehabt hatte, ein passendes Spenderherz zu finden.

Und obwohl es eigentlich nicht gewünscht war, bedankte sie sich bald bei der Familie des Verstorbenen und sprach den Angehörigen ihr Beileid aus. Dabei sagte sie: „Sie haben nicht nur mir und meinem Mann geholfen, sondern auch unserem ungeborenen Kind, das sonst sicherlich nie seinen Vater kennengelernt hätte.“

Die Eltern des toten Motorradfahrers und seine Frau drückten die Schwangere und waren nun noch sicherer, mit der Organspende das Richtige getan zu haben.

Nun musste alles ganz schnell gehen. Die folgenden Operationen dauerten Stunden, jeder Handgriff musste sitzen, niemand durfte sich einen Fehler erlauben. Doch die OP verlief gut.

Die junge Frau saß in den folgenden Wochen fast Tag und Nacht am Bett ihres Mannes. Sie konnte es immer noch nicht glauben, dass alles glattgegangen war, sie bedanke sich bei allen, die für die Genesung ihres Mannes gesorgt hatten, herzlich. Ganz besonders auch bei Paul, der ihr in den schwersten Stunden eine wahre Stütze als Seelsorger gewesen war.

Schließlich wurden die Familie des Verstorbenen und die junge Familie, denn inzwischen war das Baby zur Welt gekommen, gute Freunde. Der kleine Junge erhielt den Vornamen Peter-Paul, denn Peter war der Name des Motorradfahrers gewesen. Und Paul? Na, das kann sich sicherlich jeder denken. Jedes Jahr feierten sie den zweiten Geburtstag ihres Mannes und gedachten natürlich auch dem Spender, der auf so tragische Weise sein Leben verloren hatte.

Für Paul und mich aber hieß es: „Auf Wiedersehen“, zu sagen, denn es wartete schon ein neuer Auftrag auf uns.

3

Endlich waren wir zwei wieder unterwegs, im Autoradio spielten sie ein uraltes Lied, was Paul richtig gut fand. Dass er jedes Mal mitsingen musste, störte mich allerdings schon, denn ihr könnt euch sicher vorstellen, dass sein tierisches Gekrächze nicht gerade schön war. Endlich kamen wir an unserem Ziel an. Wir standen vor einem großen grauen Haus, das nicht gerade einladend aussah. Wir stiegen aus und klingelten an der Tür.

Die Tür ging auf und vor uns stand eine vollkommen verwirrte und durch den Wind geratene Frau. Sie trug ein Namensschild an der Brust, auf dem *Maria* stand. Sie bat uns ins Haus, fügte aber gleich hinzu: „Wenn ihr das Haus betretet, müsst ihr euch in acht nehmen.“ Sie hatte es kaum ausgesprochen, da wurden wir schon mit Wasserbomben und Tomaten beschmissen. Paul und ich konnten der Attacke gerade noch so entkommen.

Wir fragten: „Maria, was war das denn?“

Sie antwortete: „Das geht nun schon seit sechs Wochen so, dass die Alten hier verrückt spielen. Dabei werden sie alle gleich behandelt.“

Plötzlich rief einer der Senioren von oben: „Wenn ihr hier nicht gleich wieder verschwindet, werdet ihr es noch bereuen!“

Paul schaute mich fragend an, doch auch ich konnte nur mit den Schultern zucken. Wieder flogen Wasserbomben und Tomaten auf uns.

Ich schaute zu Maria und fragte sie, was denn passiert sei, dass die Alten so ausgeflippt seien? Doch Maria konnte meine Frage nicht beantworten. Das war alles schon merkwürdig.“Gibt es hier denn nur dich und die älteren Herrschaften?“, fragte ich sie.

„Nein, nein ich bin hier nicht alleine, das würde ich auch gar nicht schaffen“, bemühte sich Maria, schnell zu sagen. „Da ist noch Otto, der ist zuständig für die Ordnung und zum Aufpassen. Und Jupp, das ist der Aufseher. Und dann wäre da noch Schwester Inge. Und jetzt noch ihr zwei! Euch schickt sicher der Himmel!"

So ganz unrecht hatte Maria ja nicht. Irgendwie schickte uns ja tatsächlich der Himmel, wenn es auch nur der Katzenhimmel war. Bald erfuhren wir, dass es unsere Aufgabe war, als Altenpfleger die Bewohner dieses Hauses wieder zur Ruhe zu bringen. Doch wir befanden und in keinem normalen Seniorenheim, sondern in einer ganz besonderen Haftanstalt für Leute, die schon weit über 70 Jahre alt waren, ihre Haftstrafe aber noch nicht ganz verbüßt hatten. Man wollte ihnen hier im Haus einige Dinger leichter machen als in jedem anderen Knast, in dem doch überwiegend jüngere Männer und Frauen saßen. Zuerst war auch alles gut gegangen, doch aus irgendeinem unerklärlichen Grund waren die Alten plötzlich ausgerastet und ließen nun niemanden mehr in ihre Nähe kommen. So hatte das Gericht nun angeordnet, dass sie in zwei Tagen wieder in ihre alten, ganz normalen Haftanstalten zurückkehren sollten, weil sie die Anforderungen für diese Sonderbehandlung hier im Haus nicht mehr erfüllten.

Paul, der die ganze Zeit über geschwiegen hatte, flüsterte mir zu: „Hier stimmt irgendwas nicht?"

Ja, das hatte ich auch schon bemerkt und nickte ihm zu. Als ich mich umsah, erblickte ich verschiedene Türen, die mit großen Schlössern verhangen waren. *Zutritt verboten!*, prangerte in großen roten Buchstaben auf Schildern neben der Tür. Als dann noch mir nichts, dir nichts Maria plötzlich verschwunden war, wurde Paul und mir mulmig.

Doch dann rief einer der Senioren, die uns mit Wasserbomben attackiert hatte: „He, ihr zwei Schwachköpfe, was wollt ihr hier?"

Das war für Paul mal wieder zu viel des Guten, er rief zurück: „He, du alter Grufti, so redet man nicht mit uns, und schon gar nicht mit Zaubermaus. Damit das mal klar ist!"

Ein gemeines Lachen war zu hören, dann wieder der Alte: „Kommt rauf, ihr zwei, wir werden euch nichts tun."

Wir gingen also zu ihm hoch und er bat uns in ein Zimmer.

Wir folgten ihm, doch als Paul und ich den Raum betraten, blieb und der Atem stehen und uns traten Tränen in die Augen: Wie konnte man mit älteren Menschen nur so umgehen!

Es stank in diesem Zimmer bestialisch und die alten Leute, rund zwölf an der Zahl, sahen verwahrlost und verlottert aus. Man konnte den Eindruck gewinnen, dass sie sich seit Wochen nicht mehr hatten waschen können.

Aber das war noch nicht alles. Der alte Mann, der uns nach oben gerufen hatte, öffnet für uns eine der verbotenen Türen. Und dann sahen wir es – das Haus, in dem die älteren Menschen hier wohnten, schien ein riesiges Versuchslabor zu sein. Nun wurde uns einiges klar. Man benutzte die alten Strafgefangenen, um Medikamente zu testen.

„Als wir das herausbekamen, haben wir uns hier oben verbarrikadiert“, erzählte uns der alte Mann, den nun sichtlich bewegt war. „Einige von uns leiden an Alzheimer und Demenz, da haben sie sicherlich gedacht, mit uns könnten sie es machen. Aber ganz so tüdelig sind wir dann doch noch nicht.“

Ich konnte nur mit dem Kopf schütteln, konnte es kaum fassen. Auch Paul sah sehr bewegt aus.

Dann fuhr der Alte fort: „Ja, und dann hörten, dass sie irgendwelche Leute herholen wollten, die uns zur Vernunft bringen sollten. Wir nehmen mal an, dass ihr das seid.“ Er nickte Paul und mir zu.

Plötzlich stand Maria vor uns, sie war wie aus dem Nichts erschienen, doch sie sah anders aus als zuvor. Ihre Augen waren feuerrot. Sie schrie: „Ich werde es euch zeigen!“

Doch der alte Mann rief: „Das ist nicht unsere Maria, aber wir vermuten, dass auch sie Opfer der Versuche geworden ist.“

Und dann erfuhren Paul und ich, dass Maria immer versucht hatte, den Senioren zu helfen. Sie hatte sie mit Essen versorgt und sich, so gut es ging, um sie gekümmert.

„Erst seit heute ist so anders“, sagte der Alte und fügte hinzu: „Aber nun seid ihr hier. Und wir hoffen, dass ihr auf der guten Seite steht!“

Paul und ich, Zaubermaus, mussten tatsächlich etwas tun, denn dass wir auf der guten Seite standen, war natürlich klar. Wir nahmen Marie, rüttelten und schüttelten sie und sie kam langsam wieder zu klarem Verstand.

Als sie nach einiger Zeit wieder halbwegs klar denken konnte, sagte sie: „Wir müssen die anderen aufhalten. Sie sind heute nicht im Haus, deshalb haben sie mich auch unter Drogen gesetzt, damit ich hier nichts anrichten kann." Sie einte. „Die alten Leutchen tun mir so leid. Und ich bin so froh, dass ihr gekommen seid. Ich habe in den letzten Wochen so sehr um Hilfe gebetet."

Ja, jetzt waren Paul und ich hier und wir würden dem ganzen Treiben nun ein Ende setzen. Wir verständigten die Polizei und als die anderen *Pflegekräfte* wieder das Haus betraten, sie hatten neue Versuchsmedikamente für die alten Leute besorgt, da erwartete sie eine böse Überraschung, denn die Beamten nahmen die Herrschaften sogleich fest. Zuerst wollten sie auch Maria mitnehmen, doch als die Bewohner des Hauses den Beamten versicherten, dass Maria sich immer gut um sie gekümmert habe, ließen sie davon ab.

Eigentlich wäre nun unser Auftrag hier beendet gewesen, doch Paul und ich konnten unmöglich Maria und die Alten in diesem Chaos alleine lassen. Also packten wir alle kräftig an und schon nach drei Tagen harter Arbeit sah das Seniorenheim nach einem gut geführten Haus aus. Alle hier lebenden Männer und Frauen hatten nun ein eigenes kleines Zimmer mit Bad und eine gute Betreuung, denn Maria hatte ein paar Frauen auftreiben können, die sich gern in den Dienst der guten Sache stellen wollten. Sie alle wollten nun gemeinsam dafür sorge, dass es den alten Strafgefangenen nach dieser schrecklichen Zeit wieder gut ging.

Ach ja, das will ich nicht vergessen, zu erzählen – auch der Gefängnisdirektor wurde übrigens verhaftet. Denn er war der Kopf hinter dieser ganzen Angelegenheit gewesen. Er hatte von der Pharmaindustrie viel Geld für diese über Monate währenden Experimente an den alten Leuten erhalten.

Als Paul und ich schließlich das Haus verließen, wusste, wir, dass in diesem Seniorenheim nun das Glück eingezogen war. Und wir, Paul und ich, Zaubermaus, konnten uns gleich in den nächsten Auftrag stürzen.

4

Dieses Mal verschlug es uns in eine Kleinstadt, in der so ziemlich jeder jeden kannte. Paul war unruhig, das bemerkte ich sofort, und verabschiedete sich schon bald von mir mit den Worten: „Ich habe noch was zu erledigen." Dann war er weg.

Ich lief nun wieder einmal alleine durch eine kleine, dunkle Gasse und musste meine Katzenaugen schon sehr weit öffnen, um alles gut sehen zu können. Erschrocken sah ich plötzlich, wie ein Mann eine wunderschöne Frau würgen wollte. Da ich mir das nicht mit ansehen wollte, sprang ich dem Typen ins Genick, sodass er die Frau loslassen musste. Er flüchtete. Nun saß ich neben der wunderschönen Frau und schaute sie mit meinen Katzenaugen an.

„Oh, du süße Katze, weißt du, dass du mir gerade das Leben gerettet hast?", fragte sie voller Freunde und streichelte mich zärtlich. Sie nahm mich mit zu ihr nach Hause.

Dort angekommen, flüsterte sie mir zu, dass sie seit einiger Zeit das Gefühl habe, sie würde beobachtet. Sie war schon bei der Polizei, doch ohne Beweise konnten die nichts machen. Ich war glücklich, dass ich meine Gestalt als Katze bei diesem Auftrag behalten durfte. Jetzt wusste ich auch, warum Paul nicht bei mir war – eine Maus hätte die Frau sicherlich nicht in ihrer Wohnung geduldet. Doch ich war mir sicher, dass mein Freund hier irgendwo in meiner Nähe weilte. Für den Fall der Fälle ...

Ich blieb also bei der Frau, die mir zu fressen gab. Anschließend durfte ich mich zu ihr ins Bett legen. Doch irgendwann mitten in der Nacht hörten meine Katzenohren ein Geräusch. Ich hüpfte aus dem Bett und lief die Treppen runter. Ich sah, wie ein Fremder ihre Wäsche im Bad durchwühlte und an ihr roch. Was für ein Perverser war das denn?

Ich ging also in den Angriffsmodus, sprang den Eindringling

an und verpasste ihm eins mit meiner Kralle. Der Spanner ergriff die Flucht. Aber wer war dieser Typ? Ich beschloss, die Nacht wach zu bleiben. Bis zum Morgen blieb es ruhig, aber mein Katzengefühl sagte mir, dass die junge Frau immer noch in Gefahr war und ich sie nicht aus den Augen lassen durfte.

Dann sah ich auf dem Tisch ein Foto, auf dem die junge Frau mit einem Mann zu sehen war. Vielleicht derselbe Mann, der der Frau nachstellt und ihr Angst machte? Aber wie sollte ich ihn zur Strecke bringen? Ich musste mir was einfallen lassen.

Mittlerweile war auch die Frau aus dem Schlaf erwacht. Ich fragte mich, wie sie wohl hieß, also sah ich in ihren Ausweis nach, der auf dem Tisch lag. *Lisa* stand dort. Ich hüpfte auf ihren Schoß, als sie sich eine Tasse Kaffee eingegossen hatte, und schnurrte vor mich hin. Ich spürte, dass Lisa Angst hatte. Vielleicht konnte mein Schnurren sie ja wenigstens ein bisschen beruhigen. Dann unterhielt sie sich wieder mit mir und erzählte, dass es wahrscheinlich ihr Ex sei, der ihr seit Wochen nachstellte. Er habe es bis heute nicht verkraftet, dass sie Schluss gemacht hatte. Ich spürte, wie Lisa noch stärker zitterte, und anfing, zu weinen. Sie hatte große Angst, dass er ihr was Schlimmes antun würde.

Ich musste also versuchen, ihr zu helfen. Ich begleitete Lisa zur Arbeit. Plötzlich raste ein Auto mit hoher Geschwindigkeit auf uns zu. Ich musste handeln und bündelte meine ganze Energie. Plötzlich erhob sich vor ihr eine durchsichtige Mauer, gebildet aus meinen Kräften. Lisa blieb starr auf der Straße stehen und schloss nur die Augen. Das Auto prallte gegen die durchsichtige Wand, Lisa schrie kurz auf, doch zum Glück passierte ihr nichts. Die Wagentür ging auf und tatsächlich – es war der Ex-Freund von Lisa, der vor uns stand. Er konnte und wollte es wirklich nicht wahrhaben, dass sie ihn verlassen hatte. Dass er den Aufprall gut überstanden hatte, grenzte allerdings an ein Wunder.

Plötzlich zog er eine Waffe und richtete sie auf Lisa. Ein Schuss fiel. Zum Glück verfehlte die Kugel Lisa. Das war zu viel, ich musste noch Schlimmeres verhindern! Ich rannte mit hoher Geschwindigkeit auf ihren Ex zu und sprang ihn an. Meine Krallen trafen ihn hart im Gesicht und mit meinen spitzen Katzenzähnen verbiss ich mich in seinem Hals. Das alles war wohl dann doch zu viel für diesen blöden Kerl. Er brach zusammen und blieb regungslos am Boden liegen.

Auf einmal hörte ich Polizeisirenen. Ich rannte schnell zu Lisa und hüpfte auf ihren Arm. Ich schaute in ihre wunderschönen blauen Augen und wusste, dass sie jetzt glücklich war. Endlich war alles vorbei und sie konnte wieder ein sorgloses Leben führen.

Für die Polizei war es klar – Lars, ihr Ex, hatte sich strafbar gemacht und ganz offensichtlich auch das Auto als Waffe benutzen wollen, um sie zu töten. Lisa machte ihre erste Aussage und durfte dann nach Hause gehen, musste sich aber für weitere Fragen zur Verfügung halten.

Als wir in ihrer Wohnung angekommen waren, flüsterte sie mir ins Ohr: „Danke für alles. Ich spüre, dass du eine wundervolle und einzigartige Katze bist. Danke für alles!“ Mit diesen Worten öffnete sie die Tür, streichelte mir noch einmal über den Kopf und entließ mich auf die Straße.

Und ich? Ich machte mich auf den Weg zu einem neuen Auftrag. Allein, denn noch immer war Paul nicht aufgetaucht.

5

Heute verschlug es mich in ein riesiges Zirkuszelt. Doch leider sah ich dieses Mal nicht gerade hübsch aus, irgendwie war ich vollkommen bunt. Ich schaute in einen Spiegel und dachte mir: „Na toll, ich als Clown!“ Was das schon wieder sollte.

Plötzlich hörte ich eine strenge Stimme rufen: „Koko, los raus! Unterhalte das Publikum und nimm bitte Mango mit, bringt endlich das Publikum zum Lachen!“

Nun ja, was blieb mir schon großartig übrig, als in die Manege zu gehen. Nur Mango hatte anscheinend keine Lust, mitzukommen, also schubste ich ihn einfach und gab ihm dabei einen kräftigen Tritt in seinen Allerwertesten! Oh, oh, das war wohl keine gute Idee. Er kam wutentbrannt auf mich zu, packte mich und warf mich im hohen Bogen ins Publikum. Das Publikum kreischte vor Freude. Nur Mango konnte darüber nicht lachen, ich schaute in seine Augen. Sie waren kalt und voller Hass. Warum war Mango nur so? Ich musste sein Vertrauen gewinnen, um herauszufinden, warum er so war.

Eines Abends ging ich noch eine Runde spazieren. Ich bemerkte einen riesigen großen Käfig, der mit einer Plane verhüllt war. Da ich von Haus aus neugierig war, schaute ich kurzerhand darunter. Doch was ich sah, war nicht das, was ich sehen wollte: Im Käfig saß ... Mango! Was sollte das? Warum musste er dort drin sein? Er war doch ... na ja ... ein Mensch wie ich. Leise flüsterte ich: „Mango, ich bin es, Koko.“

Mango sah mich und sagte: „Verschwinde, ich will dir nicht wehtun müssen. Bitte geh!“ Ich verstand das zwar nicht, aber ging weg!

Am nächsten Morgen fand auch schon die nächste Vorstellung mit uns statt, nur Mango hatte mal wieder keine Lust. Ich versuchte alles, doch das ließ ihn kalt. Auch unser Zirkusdirektor fand sein Verhalten nicht gerade toll. Nur wusste er sicherlich genau, warum Mango so war, denn er sperrte ihn schließlich immer bei Nacht ein. Mangos Unmut, in die Manege zu treten, änderte sich auch in den nächsten Tagen nicht. Paul hätte mir sicherlich gut helfen können, Mango zu motivieren, aber der blöde Kerl war ja noch immer wie vom Erdboden verschluckt.

Eines Nachts hatten wir Vollmond. Der Himmel war so hell, dass man keine Lampe brauchte, um seinen Weg zu finden. Ich ging wieder einmal zu Mango und wollte mit ihm reden. Nur dieses Mal hörte ich schon von Weitem Geräusche und ein lautes Stöhnen. Ich hob das Tuch an, das seinen Käfig bedeckte, und was ich sah, schockierte mich zutiefst: Aus dem mürrischen Mango war ein bösartiges Tier geworden. Eine Mischung aus Tier und Mensch. Seine Augen waren voller Hass und Kälte. Nun wusste ich endlich, was los war. Ich, Zaubermaus, war wohl nicht das einzige Wesen auf Erden, dass sich verwandeln konnte. Unbemerkt war der Zirkusdirektor hinter mich getreten, ich hatte ihn trotz meines sensiblen Katzengehörs, über das ich auch in menschlicher Gestalt verfügte, nicht kommen hören. Das wunderte mich sehr. Nun sah der Herr Direktor mich an und sagte: „Geh weg und lass uns in Ruhe. Bitte, geh, ich will nicht, dass dir etwas passiert, Zaubermaus."

„Ich gehe erst, wenn du mir erzähltest, was passiert ist!", antwortete ich frech. Ich wollte die Wahrheit wissen, Angst hatte ich keine.

„Mango, mein lieber lieber Mango, mein Sohn, hat sich als Versuchsobjekt zur Verfügung gestellt, um den Profit für unseren Zirkus zu erhöhen, doch leider gab es Komplikationen und das ist aus ihm geworden." Der Direktor zeigte auf das unmenschliche Wesen im Käfig. „In Vollmondnächten ist er halb Mensch, halb Tier. Und wir haben Angst, dass er sich auch zu anderen Zeiten verwandeln könnte. Deshalb lebt er hier in diesem Käfig. Eingesperrt wie ein Tier."

Der Zirkusdirektor sah mich verzweifelt an. „Bitte erlöse ihn und bringe ihn um, bevor er noch irgendwen verletzt. Bitte, bitte, erlöse ihn! Ich kann es nicht, denn er ist ja mein Sohn, ich liebe ihn.“ Die pure Verzweiflung sprach aus seinen Worten.

„Nein, ich werde Mango nicht töten, auf keinen Fall!“

Mango schaute mich nur an und sagte: „Dann kann ich für nichts garantieren!“

Und dann tat der Zirkusdirektor etwas, mit dem ich nie und nimmer gerechnet hätte. Er ging auf Mangos Käfig zu und öffnete die verriegelte Tür.

„Sie können ihn nicht freilassen, das geht nicht gut. Bitte lassen Sie Mango drin!“, rief ich entsetzt. Doch eh ich mich versah, war es passiert. Mango war frei! Als ich ihn nun in voller Größe sah, und er war deutlich größer als sonst, ja, da wurde selbst mir, Zaubermaus, Angst und Bange. All mein Bitten war umsonst gewesen.

Doch der Direktor war komischerweise anscheinend glücklich, da er Mango ihm wohl eine Idee gekommen war. Er lachte – und es hörte sich an, als sein er plötzlich von Sinnen. „Endlich weiß ich, wie du wirklich aussieht. Da hat sich all die Mühe gelohnt, dich zu jagen und zu fangen!“

Ich war entsetzt. War er doch nicht der liebende Vater, den er mir vorgespielt hatte. Wenn jetzt nur Paul an meiner Seite wäre ... Was wurde hier gespielt. Was sollte das Ganze? Was treib der Direktor für ein böses Spiel?

Der Direktor sah mich höhnisch an und sagte: „Du hast doch wohl nicht wirklich geglaubt, dass Mango mein Sohn ist. Hahaha. Theater. Nur Theater.“ Er lachte grausam. „Mango ist meine Kreatur, mein bestes Stück! Ich habe ihn erschaffen. Ich ganz alleine. Hundini, der beste Magier aller Zeiten. Hier und jenseits eures kleinen Verstandes. Hundini, der große Hundini.“

Wahnsinn blitzte in seinen Augen auf. Oh Gott, auf welche Mission war ich hier geschickt worden?

Doch als der Zirkusdirektor Mango zu sich rufen wollte, bäumte der sich auf und ließ all seine Wut raus. Er verpasste dem Direktor eine, sodass der bis zum Zirkuszelt flog. Dort blieb er leblos liegen.

Ich rief Mango zu: „Bitte, tu jetzt nichts, was du später bereuen könntest!"

Doch Mango hörte mich nicht mehr, denn er rannte bereits in Richtung Stadt. Wenn er dort ein Blutbad anrichten würde, dann wär es das Ende für ihn. Er war kein Monster, das spürte ich, er wollte doch nur in Frieden leben. So wie jeder von uns. Ich folgte Mango, um ihn davon abzuhalten, etwas Böses zu tun. Ich musste es versuchen, noch vor Sonnenaufgang musste es mir gelingen, ihn einzuholen. Ich rannte ihm nach, was gar nicht so einfach war, aber ich konnte Mango nicht als Mensch entgegentreten. Das wusste ich. Ich spürte, wie sich mein Körper veränderte. Ich schnitt ihm den Weg ab, sodass ich Mango noch vor der Stadt abfangen konnte, und stellte mich ihm entgegen. Als er mich sah, stand er direkt vor seinem eigenen Spiegelbild. Oje, was hatte mein Herr da oben sich nur dabei gedacht?

Mango rannte auf mich zu. Er fletschte seine riesigen Zähne und wollte mich angreifen, doch er rechnete nicht mit meiner Gegenwehr. Immer wenn er auf mich zukam, verschwand ich und erschien woanders. Ich rief: „Mango, hast du Angst vor mir? Huhu, hier bin ich!" Doch dadurch wurde er nur noch böser. Langsam merkte ich, dass Mango müder und müder wurde. Ich rief: „Mango, hör jetzt endlich auf, mich zu jagen, du wirst mich nicht bekommen, ich bin es, Koko!"

Plötzlich blieb er stehen.

„Bitte vertrau mir und schau jetzt genau hin, ich verwandle mich zurück in einen Menschen", beruhigte ich ihn weiter, auch auf die Gefahr hin, dass er mich jetzt angreifen würde. Doch was dann passiert, überraschte selbst mich. Mango verwandelte sich, obwohl der Vollmond noch da war. Ich spürte, dass er in Wirklichkeit kein böses Wesen war. Ich versuchte nun, das Vertrauen von Mango neu zu gewinnen, und erzählte ihm von mir. Natürlich nicht alles, das hätte ja den Rahmen gesprengt.

Daraufhin erzählte auch er mir seine traurige Geschichte. Er hatte sich zum Zirkus begeben, weil er Geld brauchte. „Die ersten Jahre war alles auch ganz normal und gut hier", berichtete

Mango nun sichtlich berührt. „Doch dann starb der alte Direktor und an seine Stelle trat sein Sohn. Sein bitterböser Sohn Fred, der sich von diesem Tag an Hundini nannte. Bald schon hatte der Zirkus kein Geld mehr, weil er alles versoffen und verspielt hatte. Er bat mich um Hilfe." Mango schluckte. „Und ich willigte ein, als er sagte, er würde mit mir ein kleines Experiment wagen, damit wieder mehr Leute in den Zirkus kommen würden. Er spritzte mir irgendetwas ... und von diesem Tag an ging es mir schlecht. Irgendetwas war wohl schiefgegangen. Aber was es genau war, konnte ich nicht rausfinden." Mango sah mich verzweifelt an. „Bitte glaub mir, ich wollte nur in Frieden leben und keinem Menschen wehtun. Der alte Direktor hat mich auch nicht immer gut behandelt, doch als Clown auftreten wollte ich auch da schon nicht, das ist nichts für mich. Ich mag es nicht, wenn die Leute über mich lachen. Tja, und nun kann ich mich verwandeln, wenn Vollmond ist, das hat Hundini immer ausgenutzt."

Irgendwie tat Mango mir sehr leid, aber was sollte ich jetzt tun? Ihn zurückschicken zu dem verrückten Direktor? Das ging nicht. Ich beschloss, dass Mango gehen konnte und selber entscheiden sollte, wohin. Allerdings nahm ich ihm ein Versprechen ab. In Vollmondnächten müsste er sich stets versteckt halten und sich niemals andern Menschen nähern. Mango versprach es und zog seiner Wege, denn inzwischen war es Morgen geworden und der Vollmond verschwunden.

Ich hingegen ging zurück zum Zirkus, um zu sehen, ob der große Hundini überhaupt noch lebte. Zu meinem Glück lebte er wirklich noch. Und wie er lebte – er scheuchte seine Leute wie gewohnt herum. Nur ein blaues Auge zeugte von der nächtlichen Auseinandersetzung mit Mango. Dann sah er mich. „He, Koko, zieh dich um und unterhalte das Publikum! Aber zack zack!"

Ich ging zu ihm hin und sagte, er könne mich mal. Ich hoffte nur, dass nie wieder auch nur einer seine Zirkusvorstellungen besuchen würde. Und als ob mich mein alter Herr dort oben im Katzenhimmel erhört hätte, ging der Zirkus tatsächlich wenige Wochen später pleite. Der Direktor musste aufgeben und irgendwo als Tellerwäscher anfangen. Jetzt war es aus mit dem großen Hundini und ich freute mich sichtlich darüber. Ihr könnt euch vorstellen, dass er nun spürte, was es hieß, rumgeschubst zu werden. Auch dafür hatte mein Boss gesorgt. Doch meine Gedanken waren bei Mango. Ich hoffte nur, dass er sein Versprechen auch halten würde. Und auf mich wartet allerdings schon wieder ein neuer Auftrag!

6

Schon am nächsten Tag bekam ich einen außergewöhnlichen Auftrag, der wieder nicht ganz einfach werden sollte. Ich saß ganz einsam an einen Schreibtisch, auf dem ein Schild stand: *Pfeife des Tages*. Na toll, das fing ja gut an. Ich schaute in einen kleinen Spiegel und sah mich in einer Polizeiuniform. Ich öffnete meine Bürotür und was ich sah, war gar nicht lustig. Ich sah Polizisten, die allesamt auf Tischen tanzten, laut grölten, Bier und Schnaps tranken und einen Witz nach dem anderen rissen.

Bis einer rief: „Schaut mal, da steht unser sogenannter neuer Polizeichef! Hahaha! Der will uns Manieren beibringen. Diese Witzfigur!"

Oh man, wo hatte mich mein Boss nur heute wieder hingeschickt. Doch es half alles nichts. Ich brüllte, so laut ich konnte: „Jetzt ist es aber gut! Das geht so nicht!"

„Wie niedlich. Der kann ja sogar brüllen. Oh, oh, uns zittern schon die Knie", tönte mir entgegen.

Ich musste wohl etwas deutlicher werden, ich brüllte nun noch lauter und energischer. Endlich hatte ich die Aufmerksamkeit der Polizisten. Ich rief: „Ab heute ist hier Schluss mit dem Gammeln!" Doch wieder fingen die anderen Polizisten an, mich auszulachen. Ich musste hier etwas härter werden. Es wurde nun sehr dunkel im Raum und ein eisigkalter Wind zog durch das ganze Polizeigebäude.

„Habt ihr das gesehen?", rief einer erschrocken.

„Nein, was denn?", erwiderte ein anderer Polizeibeamter, der sichtlich angetrunken war.

„Da war ein riesiges Wesen mit funkelnden Augen!", antwortete der erste.

„Ja, schon klar", kam sofort spöttisch zurück, „was für Drogen hast du denn heute so genommen?"

Dann meldete ich mich wieder zu Wort: „Hab ich jetzt eure Aufmerksamkeit?"

„Aber, Chef, haben Sie das gerade nicht gesehen?"

„Was soll ich gesehen haben? Ich sehe hier nur Polizisten, die einen Witz nach dem anderen reißen und sich die Kante geben! Und da draußen tobt seit Monaten ein Krieg der Unterwelt. Doch jetzt weht hier ein anderer Wind! Sollte ich noch einen sehen, der hier Witze reißt oder Drogen nimmt, der bekommt es mit mir zu tun! Dass das klar ist! Also, wir sehen uns morgen um 6:00 Uhr wieder, und zwar nüchtern und in Dienstkleidung, verstanden?!"

Alle schauten mich mit riesigen Augen an und nickten nur. Nun dachte ich eigentlich, dass es alle begriffen hätten. Doch wie üblich war wieder einer dabei, der es nicht begriffen hatte. Es war der jüngste Beamte meines Reviers, der sich doch tatsächlich an nächsten Tag in einer der Ausnüchterungszellen mit einer Frau vergnügte. Das konnte ja wohl nicht wahr sein!

Strafe musste sein, das war klar, also versuchte ich, ihn zu erschrecken. Es klappte auch und er rannte, so schnell er konnte, raus aus der Zelle. Denn aus der süßen, jungen Frau, die ihn gerade beglückt hatte, war wie von Zauberhand eine alte 90-Jährige ohne Zähne geworden. Wer würde da nicht wegrennen. Ich musste innerlich lachen. Manchmal war es ja doch gut, wenn man über magische Kräfte verfügte!

Am nächsten Morgen traten alle pünktlich zum Dienst an, sauber und vor allen Dingen nüchtern. Doch so richtig konnte ich nicht glauben, dass sich alles so plötzlich verändert hatte. Außerdem konnte ich ihre Gedanken hören, eine Gabe, die ich nicht immer hatte, denn sonst wäre mir sicherlich schon so manches Unglück nicht widerfahren. Nun hörte ich aber Sätze wie: „Der bleibt eh nicht lang hier." Oder: „Wir machen so oder so das, was wir wollen! Der kann uns mal."

Tja, zum Glück wussten sie ja nicht, dass ich das alles mitgehört hatte. Was für ein Pech aber auch. Aber wie hatte es hier überhaupt so weit kommen können? Hatten diese Polizisten denn noch nie Anstand und Sitte besessen? Ich suchte nach der Ursache des ganzen Übels und fand bald heraus, dass es hier vor Jahren schon mal so abgegangen war. Weiter fand ich heraus, dass der erste Polizeichef hier in diesem Gebäude erschossen worden war, seine Leiche aber nie aufgefunden worden war. Sie war seit Jahren spurlos verschwunden. Seitdem ging das Gerücht um, sein Geist würde hier herumspuken. Immer drei Tage am Stück, dann wäre er wieder für eine Zeit verschwunden. Ich musste mir etwas einfallen lassen und den Geist irgendwie vertreiben.

Bis zum Abend gab es an diesem Tag jedoch keine neuen Vorkommnisse mehr und meine Untergebenen verhielten sich sehr entspannt. Bis auf einmal einer der Polizisten anfing, zu tanzen und Lieder zu singen. Seine Augen leuchten grün. Ich befahl den anderen, stillzubleiben und nichts zu machen. Nun zog sich der Polizist auch noch nackt aus! Seine Kollegen lachten und klatschten. „Zugabe, Zugabe!", riefen sie nun lauthals.

Doch mir war nicht zum Lachen, ich musste den Sauhaufen wieder zur Raison bringen. Außerdem musste ich mit ansehen, wie der Geist immer in einen anderen Körper hüpfte und laut dabei lachte. Und dann versuchte dieser Geist doch tatsächlich, auch in meinen Körper zu gelangen. Ihr könnt euch sicher vorstellen, dass ihm das nicht gerade gut bekam.

Er schrie: „Hilfe, Hilfe!" Das Gruselige dabei war, dass man eine Stimme hört, aber eben niemanden sehen konnte. Das war bei Geistern eben so. Die Polizisten waren geschockt, als sie sahen, was vor sich ging. Natürlich wusste jeder von ihnen um den toten Polizeichef und seine Spukattacken.

Da hatte ich eine Idee, dem Ganzen hier für immer ein Ende zu setzen. Ich ließ das Gesicht des toten Polizeichefs hell aufleuchten. Genau in dem Moment, in dem das passierte, rief der Geist: „Ich vergebe euch!" Dann verschwand er.

Langsam wurde mir klar, dass die eigenen Kollegen ihn auf dem Gewissen hatten, doch leider konnte man es ihnen nie beweisen, auch ich nicht. Das Einzige, was gut war: Der Tote hatte allen verziehen und konnte nun endlich seine Ruhe finden.

Nach kurzer Zeit wurde ich durch einen andern Polizeichef abgelöst. Ich war glücklich, dass ich endlich hier rauskam. Ich machte mich also wieder auf, eine neue Aufgabe zu lösen. Als ich endlich vor der Polizeiwache stand, spürte ich wieder einmal, dass mich irgendeiner verfolgt. Doch sehen konnte ich niemanden ...

7

Langsam wurde ich sauer. Paul war auch nach Wochen noch nicht wieder aufgetaucht – so hatte ich mir meinen zweiten Besuch auf Erden wirklich nicht vorgestellt. Nicht ein einziges Lebenszeichen hatte er bislang von sich gegeben. Keine Nachricht. Nichts. Ich schwor mir, ihm gehörig die Meinung zu sagen, wenn er wieder auftauchen würde.

Bald nach meinem Auftrag in der Polizeistation verschlug es mich in ein kleines Fischerdorf. Ihr könnt euch vorstellen, dass ich mich freute, als ich die vielen Fische sah. Oh, sahen die lecker aus! Doch als ich mir einen genüsslich zu Munde führen wollte, rief ein älterer Mann: „He, nimm deine dreckigen Finger da weg!"

Na hallo, ich hatte Pfoten und keine Finger! „Blöder Affe", dachte ich mir.

Dann zog mich der alte Mann an den Ohren und sagte: „Bevor wir essen, wird gearbeitet!"

Ich erhaschte einen kurzen Blick in einen Spiegel und sah ... einen verschmutzten jungen Mann mit Bart!

„So, mein Sohn, heute werden wir endlich was fangen. Ich spür es. Und bitte, stell dich nicht so tollpatschig an wie sonst! Mach die Leinen los!", rief der Alte mir sogleich zu.

Ich versuchte, an die Leinen des Bootes ranzukommen, um sie loszumachen. Es gab einen Ruck ... und ich flog ins Wasser. *Platsch* machte es. Ich rief um Hilfe, aber mein Vater lachte nur: „Oh man, das ist nun schon das tausendste Mal, dass du ins Wasser fliegst. Lernst du es denn nie?" Dann zog er mich aber doch raus.

Nun stand ich da, klatschnass! Trotzdem fuhren wir raus aufs offene Meer zum Fischen und ich musste die Fischernetze vorbereiten. Nach gut drei Stunden kamen wir an eine Stelle, wo es förmlich nur so nach Fisch roch. Auf meine Zaubermaus-Nase war schließlich Verlass. Ich schmiss die Netze ins Wasser und mein Vater rief erneut: „Ich spür es, heute werden wir was fangen!“

Mittlerweile waren über fünf Stunden vergangen und unsere Netze waren noch immer leer. Langsam, aber sicher wurde es dunkel und wir mussten wieder zurück in den Hafen. Als wir endlich ohne Fang dort ankamen, riefen die anderen Fischer: „Na, alter Mann, hast du wieder nur Luft und Liebe geangelt? Das geht doch nun schon seit Monaten so bei dir! Wir geben dir mal einen Tipp, schmeiß dein Sohn über Bord, der bringt dir kein Glück!“

Doch mein Vater rief nur: „Bald werdet ihr sehen, ich werde so viele Fische fangen, dass ihr vor Neid erblassen werdet!“

Ich hörte alle nur lachen und sagen: „Ja, ja, das erzählst du uns jeden Tag!“

Irgendwie tat mir mein Vater schon sehr leid. Ich versuchte, ihn zu trösten, doch er sagte nur: „Verschwinde, geh schlafe!“

Nachts wurde ich wach. Ich schlich mich raus und spürte, dass da draußen irgendetwas war. Es verfolgte mich schon die ganze Zeit, aber ich sah auch dieses Mal nichts. Sicher bilde ich mir das auch nur ein. Nun ja, also legte ich mich wieder schlafen.

Am nächsten Tag in der Früh machten Vater und ich uns wieder auf dem Weg raus aufs Meer. Ob wir dieses Mal Glück haben würden? Ihr könnt euch aber bestimmt schon denken, wie der Tag endete. Richtig. Wieder machten wir uns zum Gespött. Langsam aber sicher verlor ich auch Lust an diesem Beruf. Was war das nur für ein komischer Auftrag dieses Mal?

Mein Vater schimpfte nur: „Seitdem deine Mutter von Bord gegangen ist, fange ich keinen einzigen Fisch mehr! Und das nur, weil du nicht aufpassen konntest, als der Sturm losging! Nun liegt ein Fluch auf mein Schiff! Ich hätte dich damals gleich mit über Bord schmeißen sollen, als sie vom Sturm ins Wasser gespült wurde! Du hättest sie festbinden sollen, als ich es dir gesagt habe! Stattdessen musstest du dich ja übergeben!“

Nun wusste ich endlich, worum es hier ging. Er gab mir die Schuld am Tod seiner Frau, dabei war es doch ein Unfall. Ihre Leiche war allerdings nie gefunden worden, die Küstenwache hatte die Suche nach einer Woche aufgegeben. Und seitdem glauben alle, es läge ein Fluch auf diesem Schiff. Wie um Gottes willen sollte ich den Fluch brechen? Denn das war bestimmt die Aufgabe, die ich hier zu lösen hatte.

Es vergingen Tage und Wochen, bis wir endlich wieder raus aufs Meer fuhren. Wir hatten all unsere spärlichen Vorräte, die Mutter in den Jahren eingekocht hatte, aufgebraucht, deshalb blieb uns nichts anderes übrig, als unser Glück wieder beim Fischen zu versuchen.

Die See war sehr rau und die Wellen peitschten nur so gegen unser Schiff, als wir den sicheren Hafen verlassen hatten. Wir hatten große Mühe, das Schiff unter Kontrolle zu halten. Ich dachte manches Mal, auch uns hätte nun die letzte Stunde geschlagen. Doch endlich durchbrachen wir den Sturm und wir tauchten in schönes Wetter ein. Ich traute meinen Augen kaum, als ich es sah, dass vor uns riesengroßen Fische aus dem Wasser sprangen. So etwas hatte ich noch nie erlebt.

Auch mein Vater musste dieses Spektakel gesehen haben, denn er rief aufgeregt: „Los, alle Netze über Bord, los mach hinne!"

Ich konnte gar nicht so schnell schauen, wie die Netze voll waren. Einen halben Tag brauchten wir, bis wir sie endlich an Bord gezogen hatten. Aber nun mussten wir wieder zurück in den sicheren Hafen. Doch erneut kam Sturm auf. Die Wellen waren noch viel höher als am Morgen, wir hatten große Mühe, das Schiff unter Kontrolle zu halten. Dann bekamen wir Schlagseite. Ich rief: „Vater, wir müssen die Ladung über Bord werfen, um unser Leben zu retten!"

Doch er antwortete nur: „Nein! Dieses Mal nicht!"

War das alles schon einmal passiert? Ich konnte mich nicht wirklich daran erinnern. Ich schrie: „Bitte, Vater, wir müssen es tun! Wir sterben sonst!"

Und wieder rief er: „Nein, ich muss die Ladung behalten!"

Ich bekam es mit der Angst zu tun. Als wir immer mehr Schlagseite bekamen, warf ich alle Fische ins Meer zurück. Mein Vater war außer sich vor Wut! Er kochte förmlich, das sah ich ihm an. Doch als er auf mich zukam, mit erhobener Hand, da verlor er das Gleichgewicht und ging über Bord! Ich wollte ihn noch greifen, doch er glitt mir davon. Wegen des Sturms konnte ich nicht seinen Aufprall im Wasser hören – und sehen konnte ich ihn auch nicht.

„Verloren", dachte ich schon, als ich ihn dann doch im Wasser entdeckte. Irgendeine unsichtbare Macht brachte ihn zum Schiff zurück und verschwand dann wieder. Ich schaffte es dann fast mühelos, meinen Vater wieder an Bord zu ziehen. Leblos lag er nun vor mir und ich gab die Hoffnung schon fast auf, dass er dieses Unglück würde überstehen können. Doch dann röchelte er, spuckte – wie es schien – literweise Wasser aus und kam langsam wieder zur Besinnung.

Wenig später legte sich der Sturm langsam und ich steuerte das Schiff sicher in den Hafen. Als wir angelegt hatten, kümmerte ich mich sofort wieder um meinen noch immer geschwächten Vater.

Er sah mir erschöpft in die Augen und sagte: „Es tut mir leid, mein Sohn, ich wollte das alles nicht. Jetzt wäre auch ich fast ums Leben gekommen so wie damals deine Mutter. Es war nie deine Schuld, dass sie gestorben ist, sondern meine. Meine verdammte Schuld."

Ihm traten Tränen in die Augen bei der Erinnerung und dann erzählte er mir endlich, wie sich damals alles zugetragen hatte. „Trotz einer Schlechtwetterwarnung fuhren wir damals raus aufs Meer. Deine Mutter wollte nicht mir, doch du warst mit deinen zwölf Jahren noch viel zu jung, um mir bei diesem Wetter helfen zu können. Wir machten trotz des Sturms einen guten Fang, doch auf der Rückfahrt kam das Schiff – so wie heute – in Schieflage. Deine Mutter war gerade dabei, die Netz zu durchtrennen, um die Fische wieder in Meer zu entlassen, was ich ihr verboten hatte, da packte sie eine große Welle und riss sie mit sich in den tosenden Ozean. Du trugst an ihrem Tod keine Schuld. Ich hatte euch zwar aufgetragen, euch festzubinden, du hast es getan, doch deine Mutter hatte schon immer ihren eigenen Kopf. Ich bemerkte ihr Treiben erst, als es schon zu spät war …"

Er schaute mich traurig an und in diesem Moment traten die längst vergessen geglaubten Bilder meiner Kindheit wieder vor mein inneres Auge. Ja, ich war nicht schuld am Tod meiner Mutter gewesen, auch wenn mein Mann mich das all die Jahre hatte glauben lassen. Nun aber war auch bei ihm ein Knoten geplatzt und ich merke, wie sehr er sich schämte, kein besserer Vater gewesen zu sein.

„Es war richtig, was du heute gemacht hast, verzeih mir bitte. Alles", sagte er.

Ich nickte: „Alles gut, wir schaffen das schon irgendwie!" Ich blieb noch einige Tage dort, um zu sehen, wie sich alles entwickeln würde. Langsam aber sicher ging es bergauf mit ihm. Und als wir das nächste Mal wieder zum Fischen fuhren, kamen wir mit einem Riesenfang zurück. Ich spürte, dass ich langsam gehen musste. Meine Aufgabe war beendet, ein neues Projekte wartete sicherlich schon auf mich. Als ich ging, sah ich von Weitem, wie Vater und Sohn sich glücklich umarmten. Ich hatte es wieder einmal geschafft!

8

Die nächsten Tage passierte gar nichts. Ich wurde in kein neues Abenteuer gezogen und auch Paul tauchte nicht auf. So beschloss ich, es mir gemütlich zu machen. Doch das war mir tatsächlich nach einer Weile auch zu langweilig. So beschloss ich, der kleinen Kneipe um die Ecke einen Besuch abzustatten, manchmal bekam ich dort nämlich das ein oder andere Leckerchen.

Ich stiefelte also los und hüpfte wie immer einfach auf einen kleinen Hocker. Dann miaute ich, so laut es ging. Als der Barkeeper mich sah, musste er erst lachen. „Na Katze, was willst du heute. Bier oder Schnaps", sprach er mich an.

„Oh man", dachte ich mir, „ich rede doch nicht, ich bin eine Katze." Endlich gab er mir ein Schälchen Milch, die ich genüsslich schlabberte. Darauf hatte ich gehofft.

Neben mir saß ein junger Mann, der schon sehr betrunken aussah. Aber nicht nur er, alle, die am Tresen hockten, waren betrunken. Sie sahen alle so aus, als ob sie gleich vom Hocker fallen würden. Doch was ich jetzt sah, verschlug mir doch glatt das Miau. Ich sah, wie der Barkeeper jedem Gast die Geldbörse aus der Tasche zog, Geldscheine entnahm und die Börse dann wieder zurücksteckte. Anschließend verschwand er wieder hinter seinem Tresen und tat so, als ob nichts gewesen wäre.

Nach und nach kamen die am Tresen Sitzenden wieder zu sich und wollten bezahlen. Ich versuchte durch mein Miauen, irgendeinen auf mich aufmerksam zu machen, doch leider reagierte keiner darauf. Der Barkeeper rief: „So, jetzt ist gut, hau ab, Katze!" Und beförderte mich hinaus. Ich schaute durch die Scheibe und sah, wie die Gäste anfingen, zu diskutieren, doch leider ohne Erfolg. Stattdessen kam die Polizei und führte einige Gäste wegen Zechprellerei ab.

„Na toll", dachte ich mir, „der beklaut die Gäste und anschließend werden sie wegen Zechprellerei verhaftet.“ Dann sah ich, wie der Barkeeper das ganze gestohlene Geld zählte und sich dabei die Hände rieb. Ich fasste einen Plan.

Am nächsten Tag betrat ich am frühen Abend wieder diese Gaststätte und hatte Glück – hinterm Tresen stand der gleiche Kerl wie am Abend zuvor. Nur war ich dieses Mal nicht als Zaubermaus erschienen, sondern als wohlhabender, stinkreicher junger Mann, der nur so nach Geld roch. Ich begab mich zum Tresen und bestellte mir einen richtig teuren Drink. Insgesamt waren es wohl drei Getränke, die ich zu mir nahm, bis mir auf einmal schwindelig wurde. Es kam mir vor, als würde ich den Barkeeper doppelt sehen. Aber warum war mir so übel und warum war ich plötzlich so schläfrig? Ich hatte zwar drei Cocktails getrunken, aber die verkraftete ich normalerweise ohne solche Ausfallerscheinungen. Keine Ahnung, warum mir auf einmal so schummerig war, ich vom Barhocker fiel und wie ein Maikäfer rücklings auf dem Boden liegen blieb. Ich spürte aber in meinem Unterbewusstsein noch, wie einer an mir rumfummelte. Aber so wie es aussah, fand er nicht das, was er gesucht hatte. Wie auch, ich hatte mich ja auf diesen Abend vorbereitet, denn ich hatte ja gewusst, was dieser missratene Barmann mit mir vorhatte.

Als ich wieder wach wurde, zeigte er mir sogleich die Rechnung. Er bestand darauf, dass ich sofort bezahlen sollte. Also griff ich in meine Gesäßtasche, holte meine Geldbörse heraus und zahlte. Ihr könnt euch vorstellen, wie dumm er geschaut hat, als ich die Geldscheine in der Hand hielt. Natürlich musste ich ihn noch ein wenig provozieren und spielte ein wenig mit einem Bündel großer Geldnoten, das ich meinem Portemonnaie entnommen hatte. Mit Speck fing mal Mäuse – wer wusste das besser als ich – Zaubermaus.

Aber damit war mein Spiel noch nicht zu Ende. Ich bestellte mir noch einen Cocktail, dann ging ich – zum Schein – aufs Klo. Als der Barkeeper meinte, ich hätte den Raum verlassen, schlich ich mich von hinten leise an und schaute hinter den Tresen. Ich sah, wie der Barkeeper mir irgendetwas in mein Getränk kippte.

Aha, also deswegen war mir so übel geworden. Ob es wirklich K.-o.-Tropfen waren, konnte ich leider nicht sehen, aber die Vermutung lag natürlich nahe.

Ich ging zurück zum Tresen und bat den Barkeeper: „Komm, trink einen mit!"

Das ließ sich der Barkeeper nicht zweimal sagen und goss sich was ein, ich nutzte den Augenblick, als er sich zu Seite drehte, um die Gläser zu vertauschen. Ich prostete ihm immer wieder zu und wir schluckten den Drink in wenigen Zügen runter. Nun wartete ich ab, aber nichts passierte. Im Gegenteil, der Kerl stand wie eine Eins hinterm Tresen und wurde nicht einmal müde. Irgendwie kam mir alles sehr seltsam vor. Oder ob er doch etwas von meiner Beobachtung bemerkt hatte? Doch ich wollte diesen Kerl zur Strecke und sein falsches Spiel endlich zu Ende bringen. Man stelle sich nur einmal vor, irgendjemand würde einer seine Mischungen nicht vertragen und nach dem Genuss sterben. Das konnte ich einfach nicht zulassen!

Nach einer gefühlten Ewigkeit setzte sich ein etwas vollschlanker Typ neben mich und bestellte einen Drink. Und dann einen nach dem anderen. Oh man, was der nicht alles so weghauen konnte. Das würde ich gar nicht verkraften. Doch ihm merkte man rein gar nichts an.

Plötzlich sagte dieser Baum von einem Mann zum Barkeeper: „Du, sag mal, schenkst du immer Wasser ein statt Korn."

Oje, das roch jetzt ganz nach Ärger!

„Wollen Sie mir jetzt sagen, dass ich Sie betrüge!", kam prompt die Frage zurück.

„Nein das nicht, aber du machst hier seit circa einer Stunde K.-o.-Tropfen in meine Getränke", antwortete der Hüne.

„Wie bitte?! Verlassen Sie sofort meine Bar! Raus, du Widerling!", rief der Barkeeper ganz außer sich.

„Aber bevor ich gehe, geben Sie mir die Geldbörsen, die Sie den armen Männern gestern entwendet haben!"

Ich dachte, nicht richtig gehört zu haben. Das hier war doch mein Job! Ich drehte mich für einen kurzen Moment weg, da kam der Barkeeper tatsächlich mit den ganzen Geldbörsen um die Ecke. Doch von dem Riesenkerl war nichts mehr zu sehen. Er hatte sich anscheinend in Luft aufgelöst. Ich hatte da so eine Ahnung ...

„Tja, nun ist es wohl Zeit, dass Sie sich selber stellen und die Polizei rufen", sagte ich stattdessen zu dem Betrüger. „Was anderes bleibt Ihnen jetzt leider nicht mehr übrig."

Der Barkeeper stammelte irgendeine Entschuldigung, die ich aber nicht richtig verstand, und bat mich dann, keinem etwas von der Sache zu erzählen. Er würde so etwas auch nie wieder tun. Ich sagte, dass ich mir das noch überlegen würde, und machte mich dann auf den Weg in der Hoffnung, dass er seine Lektion gelernt hatte.

9

Am nächsten Tag schien endlich mal wieder die Sonne, deren Strahlen ich auf einer Mauer sitzend genoss.

Plötzlich hörte ich nicht ganz so tolle Worte: „Idiot, Schwachkopf! Gehst auf eine Baumschule, oder was?!"

Ich sah eine Horde böser Kinder, die einen jungen, verwirrten Mann bespuckten, mit Kieselsteinen bewarfen und immer wieder Dummkopf zu ihm sagten. Ich beschloss, zu handeln! Ich sprang den Kindern als Katze einmal hinten ins Kreuz und schon rannten sie schreiend weg und ließen von dem jungen Mann ab, doch als ich mich umdrehte, war auch der junge Mann auf einmal weg. Also begab ich mich auf die Suche, bis ich an ein Gebäude vorbeikam, vor dem ein Schild angebracht war:

Hausmeister für unsere Lern- und Schwerbehinderten-Schule gesucht. Bitte melden Sie sich in Zimmer 201.

Ob der junge Mann in dieses Gebäude gelaufen war? Ich beschloss, mich dort mal vorzustellen. Einen Job als Hausmeister hatte ich schon lange nicht mehr gehabt. Plötzlich bemerkte ich, dass ich dieses Mal sehr alt aussah. Doch trotz meines fortgeschrittenen Alters wurde mir die Stelle nach einem ersten Gespräch sofort zugesagt. Mein Gefühl sagte mir sofort: „Hier stimmt was nicht!"

An meinem ersten Tag als Hausmeister sah ich viele Kinder rumlaufen und jedes einzelne hatte ein besonderes Talent. Einige konnten tolle Gedichte schreiben, andere wiederum spielten hervorragend Klavier. Wenn ich das alles aufzählen würde, was ich hier zu sehen bekam, bräuchte ich noch Wochen.

Dann traf ich auf den jungen Mann, der mir schon am Vortag aufgefallen war und den die Kinder auf der Straße aufs Übelste beschimpft und geärgert hatten. Er saß an einem Tisch im Foyer und schien sehr konzentriert zu arbeiten. Ich sah ihm über die Schulter, doch das, was ich dann sah, verschlug mir glatt die Sprache. Er konnte wundervoll zeichnen. So schöne und wundervolle Zeichnungen hatte ich noch nie gesehen. Ich setzte mich zu ihm und wollte ein Gespräch anfangen, doch er schaute mich nur mit großen Augen an. Er versuchte zwar, mir etwas zu sagen, doch er stotterte so stark, dass er kein richtiges Wort rausbekam. Im Hintergrund hörte ich ein lautes Kichern. Dabei hatten doch jeder hier irgendwie eine Behinderung. Selbst ich hatte eine leichte, denn ich konnte nicht rennen, ich zog mein Bein hinterher. Da hatte sich mein Herr dort oben ja was Tolles ausgedacht für mich, aber vielleicht sollte ich ja mal am eigenen Leib spüren, wie es war, mit einer Behinderung zu leben.

Nun ja, endlich hatte ich Feierabend und Zeit genug, mich mal ein wenig umzusehen. Der junge Mann beachtete mich zunächst nicht weiter, doch ich suchte das Gespräch.

Ich fragte ihn nach seinem Namen, doch bekam keine Antwort. Erst nach einer ganzen Weile schaute er mich an und sagte dann, ohne zu stottern: „Du hast ja einen Katzenkopf!“

Ich sagte: „Nicht so laut, das muss ja keiner wissen, okay?“ Ich war mehr als erstaunt, dass er mich überhaupt in meiner wahren Gestalt sehen konnte.

„Ja ja okay!“, erwiderte er sofort.

„Darf ich fragen, wie du heißt?“

„Ja, ja klar! Ich, ich, ich bin Kopula!“, antwortete er fast ein wenig verstört.

„Oh, was für ein außergewöhnlicher Name, den du da hast!“, entgegnete ich entzückt.

„Ja, das haben schon viele gesagt. Nur, sie lachen alle über mich, weil ich immer so stottere! Sie meiden mich alle oder ärgern mich.“

Oje, irgendwie tat er mir jetzt richtig leid, dabei hatte er eine so große Begabung und zeichnet so wundervoll. Ich beschloss, mich mit der Leitung der Schule zu unterhalten. Außerdem hatte ich während des kurzen Gesprächs festgestellt, dass Kopula gar nicht immer stark stotterte, sondern nur manchmal an einem Buchstaben hängen blieb. Da ließ sich doch bestimmt etwas machen.

Schon am nächsten Tag bat ich um ein Gespräch bei der Schulleitung. Dabei kam heraus, dass die Lehrer von alledem gar nichts mitbekommen hatten. Wir überlegten lange, wie wir dem jungen Mann helfen konnten und beschlossen dann, in der Aula einen Malwettbewerb zu organisieren, damit jeder sein Können unter Beweis stellen konnte.

Nach gut einer Woche Arbeit und viel Energie war es nun endlich so weit. Doch Kopula fehlte bei der Eröffnung. Dabei waren seine so schön geworden – kein anderer Teilnehmer hatte so eindrucksvoll gezeichnet. Wo war er nur?

Einige der Kinder verhielten sich in der Folgezeit sehr merkwürdig und waren auch nicht ganz bei der Sache. Einige riefen schon: „Wann können wir endlich anfangen?"

Dann stellte ich mich an das aufgebaute Rednerpult und wollte gerade ein paar Worte sagen, da rief eines der Kinder: „Schaut mal, unser Hinke-Hausmeister hat was zu sagen!"

Einige lachten. Zum Glück schritt die Leitung gleich ein und ermahnte die Schüler: „Jeder hier hat eine Behinderung! Du zum Beispiel sitzt im Rollstuhl. Dafür kann ein anderer nicht richtig sprechen oder ein anderer hinkt ein wenig. Und ihr glaubt, ihr könnt andere nur so aus Spaß ärgern? Schämt euch! Ich dachte, hier unterstützt jeder jeden!"

Noch immer aber war Kopula nicht aufgetaucht? Wo zum Teufel war er bloß? Dann sagte einer der Kinder plötzlich, fast so, als hätte es meine Gedanken lesen können: „Wir haben ihn eingesperrt. Es tut uns aber wirklich sehr leid."

„Wie bitte? Und wo habt ihr Kopula eingesperrt?", entgegnete der Schuldirektor entsetzt.

„Im Keller. Zu den Ratten."

„Holt ihn da sofort raus, das kann doch nicht wahr sein! Und anschließend entschuldigt ihr euch auch bei ihm und allen anderen, die ihr gehänselt und gemobbt habt. Auch bei unserem

Hausmeister! Dass das klar ist!“ Der Schuldirektor machte eine Pause: „Und damit das klar ist, in unserem Keller gibt es gar keine Ratten!“

Wenige Minuten später stand Kopula vor uns. Er zeigte allen ein Bild, welches er im Keller gemalt hatte, denn Stifte und Papier trug er immer bei sich. Ich selber war erstaunt über dieses Bild, drückte es doch so viel aus. Auf dem Bild waren viele Leute zu sehen, eine riesige Familie, konnte man glauben. Nur einer stand außen vor, und zwar unten rechts im Bild. Nach und nach begriffen alle, was Kopula mit seinem Bild sagen wollte.

Doch dann geschah etwas, dass uns alle hier in der Schule sehr überraschte. Kopula sprach kurz mit dem Direktor, der nickte. Zum Erstaunen aller wollte Kopula nämlich eine Rede halten, auch wenn es ihm das sichtlich sehr schwerfiel, etwas vor so vielen Menschen zu sagen. Doch er bemühte sich und alle hörten ihm zu.

„Wir alle, die wir hier sitzen, haben eine Behinderung. Der eine hat eine größere, der andere eine kleinere. Doch wenn wir uns gegenseitig helfen, könnten wir gut zusammen leben. Wir ergänzen uns doch alle und leben hier in unserer Schule doch auch sehr gut. Jeder, der hier ist, möchte uns eigentlich helfen, doch was machen wir? Wir verspotten uns nur gegenseitig! Wir sollten damit aufhören und uns endlich zusammenreißen. Also lasst uns jetzt den Abend miteinander verbringen und glücklich sein!“

Mit diesen Worten überraschte uns Kopula sehr. Und er hatte bei der ganzen Rede kaum gestottert. Der Saal war auf einmal so leise, dass man eine Stecknadel hätte fallen hören können. Kopulas Worte hatte alle sehr nachdenklich gemacht. In die Stille hinein gab es plötzlich einen riesigen Applaus.

Ich blieb noch gut eine Woche an der Schule, um zu sehen, ob sich alle daran hielten, was sie sich vorgenommen hatten. Für mich stand fest, dass nun alles nun gut werden würde. Gerade als ich mich verabschieden wollte, kam Kopula zu mir, ich glaube, er spürte, dass ich fortgehen wollte.

Er fragte mit trauriger Miene: „Gehst du jetzt?“

Ich nickte und musste eine Träne zurückhalten. Er drückte mich und sagte: „Viel Glück und pass auf dich auf!“

Ich nickte und sagte leise: „Auf Wiedersehen!“

Ach ja, auch wenn ich die ganze Zeit über eine besondere Verbundenheit zu Kopula verspürt hatte, ich bekam nicht heraus, warum er mich als Zaubermaus, also als Katze hatte wahrnehmen können. Manchmal war es aber auch gut, nicht jede Wahrheit zu kennen.

10

Auch bei meinem nächsten Auftrag ging es ziemlich turbulent zu. Mein Chef, der Katzengott, hatte mir dieses Mal aber wirklich ganz schön viele Aufgaben gegeben ...

Und so fand ich mich schon einen Tag nach der Sache mit Kopula in einem Lkw wieder. Natürlich ohne Paul, der noch immer verschwunden war. Neben mir am Lenkrad saß ein kleiner, dicker Mann, der sich als Hundefänger Toto vorstellte und mir sagte, dass er sich auf eine Zusammenarbeit mit mir freuen würde. Sein alter Kollege habe das Weite gesucht.

Mir schoss gleich eines durch den Kopf: „Oh nein, ich soll Hunde einfangen! Ausgerechnet ich, die Zaubermauskatze." Na, das konnte ja heiter werden. Ich sollte mit meinem Herren da oben mal ein vier Katzengespräch unter vier Augen führen. Nun ja, jetzt blieb mir aber wohl nichts anders übrig, als den Auftrag auszuführen.

Toto fuhr bald darauf in eine sehr dunkle Gasse. Er erzählte mir, dass hier besonders große und bösartige Hunde rumlaufen würden und dass er für jeden bösartigen Hund richtig viel Geld bekommen würde, wenn er sie im Tierheim abgeben würde. Er hätte schon von drei Tagen Fallen aufgestellte, nach denen wir nun schauen müssen. Doch gemeint hatte er wohl: Er würde im Wagen bleiben und ich sollte schauen, ob sich einige Hunde in die Fallen verirrt hätten, schließlich würde ich mit diesem Job ja auch genug Kohle verdienen.

Ich war vollkommen von den Socken von so viel Faulheit. Dennoch hüpfte ich aus dem Auto und schaute mich ein wenig um. Zunächst sah ich gar nicht, außer ein paar streunenden Katzen, doch plötzlich hörte ich ein fürchterliches Jaulen und Heulen, sodass ich glatt Gänsehaut bekam. Dann sah ich sie – riesige Hunde, die in Käfigen gefangen waren. Einer der großen

Hunde schien sogar verletzt zu sein, er hatte an seiner linken Pfote eine circa drei Millimeter lange Wunde, wie ich mit meinen scharfen Katzenaugen gleich erkennen konnte. Wie gut, dass ich auch in Menschengestalt immer meine tierischen Sinne behielt. Natürlich fletschen die Hunde mich an, als sie mich herbeilaufen sahen. Ich versuchte, sie zu beruhigen.

Einer von ihnen sagte: „Da, schaut, ein Abgründiger, der uns einfangen und mit uns Geld verdienen will!"

„He, nun reicht es, ich möchte kein Geld mit euch verdienen, ich möchte euch lieber freilassen!"

„Das hat der letzte deiner Kollegen auch zu uns gesagt und später waren unsere Kumpels Hundegulasch!", erwiderte ein anderer der gefangenen Hunde.

„Wie bitte?" Ich war völlig fassungslos.

„Ja! Und du bist nicht anders", hörte ich nun.

Nun reichte es mir. Ich musste mich wohl oder übel kurz in meiner wahren Gestalt zu erkennen geben. Also verwandelte ich mich für einen kurzen Moment in eine riesige Katze und fauchte kurz, um mich dann wieder in den Tierfänger Lux zu verwandeln.

„Wie? Erst Tier, dann Mensch? Wie geht das?", fragten die Hunde ganz verwirrt.

„Habt ihr sonst noch Fragen? Oder vertraut ihr mir jetzt? Ich verspreche euch, ihr werdet nicht als Hundegulasch enden! Aber nun lasst mich euren Freund verarzten. Okay? Und beißt mich bitte nicht!", antwortete ich darauf. So fassten die gefangenen Hunde schon bald Vertrauen zu mir, was umso ungewöhnliche war, weil sich doch Hunde und Katzen eigentlich nicht wirklich gut verstanden. Natürlich wollte ich mehr über meine Vorgänger erfahren und fragte deshalb: „Aber nun erzählt mir bitte mehr über den Hundefängern, die ihr kennengelernt habt."

Sie erzählten mir dann bereitwillig, dass alle Hundefänger mit den Hunden, die er einfangen konnten, viel Geld verdient hätten. „Dafür waren wir ihnen gut genug! Aber das war nicht immer so", erzählte einer der Hunde, ein Schäferhund, weiter.

„Früher einmal gab es Hundefänger, die haben uns zwar gefangen, gaben uns aber zu fressen und impften uns, ließen uns aber bald wieder frei. Manche von uns wurde auch operiert, wir sollten halt nicht mehr so viele Hundekinder in die Welt setzen. Na ja, das war ja auch alles so weit okay. Eines Tages aber tauchten andere Hundefänger auf. Die fütterten uns nicht und ließen uns auch nicht mehr frei, sondern brachten uns zu einem komischen Gebäude vor der Stadt. Ich weiß das auch nur, weil Sally", er zeigte auf eine kleine weiße Chow-Chow-Dame in einer zweiten Hundefalle, „diesen bösen Hundefänger schon einmal entkommen ist und uns alles erzählt hat."

Nun erfuhr ich auch, dass die gefangenen Hunde wohl in eine Art Versuchslabor gekommen waren und niemand sei je wieder gesehen hatte. Ich versorgte die Wunde des verletzen Hundes und ließ anschließend alle frei. Ich konnte sie ja nicht einfach ihrem Schicksal überlassen. Außerdem brauchte ich Zeit, Zeit für einen neuen Plan. Ich fing also zwei Ratten, lief zurück zum Auto, wo Toto schon auf mich wartet.

Als er mich erblickte, rief er gleich: „Und wo sind die Hunde?"

Ich antwortete nur: „Da waren nur kleine Ratten in den Käfigen." Ich kann euch sagen: Toto wurde richtig böse!

Voller Wut antwortete er also: „Wie, nur zwei Ratten? Wir brauchen diese Hunde, und zwar noch heute!"

Ich sah, wie Schweißtropfen von seiner Stirn perlten.

„Wir müssen sie finden!", rief er ganz außer sich und wurde immer nervöser.

Nun reichte es mir! „Was heißt hier, wir müssen sie finden? Ich habe gehört, dass Sie gar kein richtiger Hundefänger sind, der die gefangenen Tiere im Tierheim abliefert! Und ich geh sogar noch einen Schritt weiter: Sie sind ein Betrüger! Sie verkaufen die gefangenen Tiere an ein Versuchslabor der Pharmaindustrie und machen damit jede Menge Geld. Aber eines weiß ich noch nicht so genau. Das müssen Sie mir erklären: Wo sind überhaupt die echten Hundefänger hin. Also die, die sich hier jahrelang fürsorglich um die Tiere gekümmert haben, wie ich erfahren habe."

Doch dann fiel ich auf den ältesten Trick der Welt rein. Toto meinte: „Schau mal, da drüben sind die doch!“ Ich drehte mich um und – *zack* – hatte ich eins über die Rübe bekommen.

Sechs Stunden später wachte ich in einem Keller auf. Zu meiner Verwunderung war ich allerdings nicht alleine. Eins und eins zusammengezählt begriff ich, dass es die beiden echten Hundefänger waren, die neben mir lagen. Aber mein Vorteil war, dass ich mich schneller von den Ketten befreien konnte, als die beiden andern. So wie sie aussahen, hatten sie hier schon länger im Keller gelegen. Sie jammerten und schrien: „Lasst uns hier raus!“

Ich versuchte, sie zu beruhigen. Doch plötzlich hörte ich ein Geräusch. Ich tat so, als ob ich noch gefesselt wäre, und flüsterte den anderen beiden nur zu: „Ihr müsst still sein, wir schaffen das schon.“

Dann kam Toto rein. Er hatte eine Waffe dabei und fuchtelte damit herum. „Na, ihr drei Luschen, habt ihr noch einen letzten Wunsch, bevor ich euch das Licht für immer ausschalte?“

Ich glaubte das nicht! Er wollte uns auslöschen und das, ohne mit der Wimper zu zucken. Was gab es doch für schreckliche Menschen auf dieser Welt. Nicht nur, dass sie Tiere quälten. Nein, um ihre Sachen durchzusetzen, ermordeten sie auch noch Menschen. Ich dachte wirklich schon über das Ende meines Lebens nach, als ich plötzlich lautes Hundegebell hörte.

Toto wollte gerade abdrücken, als ein riesiger Hund ihn anfiel. Ich schrie: „Nicht nein, nein tu es nicht!“

Doch es war zu spät. Der Schäferhund, mir dem ich mich noch vor ein paar Stunden unterhalten hatte, biss Toto die Kehle durch. Ihr hättet mal die Gesichter der echten Hundefänger sehen sollen. Nun, vielleicht hatte er es nicht anders verdient. Obwohl ich eigentlich nichts davon hielt, gleich so brutal vorzugehen. Doch natürlich wusste ich auch nicht so ganz genau, welches Leid dieser böse Mensch den Tieren in den letzten Wochen zugefügt und wie viele er von ihnen in das Versuchslabor geliefert hatte. Weiter über Totos Tod nachzudenken, blieb mir aber keine Zeit. Denn plötzlich stürmten rund 60 Hunde auf einmal in den

Keller und warfen sich voller Freude auf die echten Hundefänger, allesamt Studenten der Tiermedizin, wie ich bald erfuhr. Und nachdem ich ihnen berichtet hatte, was ich von den Hunden erfahren hatte, wanderten auch schon bald die Leiter des illegalen Versuchslabors am Rande der Stadt in den Knast. Das hatten sie verdient! Einige Hunde konnten die echten Tierfänger sogar noch aus deren Klauen retten, doch leider nicht alle.

Auch andere Tierhändler wie Toto, die in anderen Städten ihr Unwesen getrieben hatte – und man sollte es nicht glauben, aber es war wahr – auch Katzen in den Laboren abgeliefert hatten, wurden nach und nach dingfest gemacht, einige kamen ins Gefängnis!

Die echten Hundefänger aber gingen von nun an ihrem Job wieder gewissenhaft nach: Sie halfen allen Tieren, die aus den unterschiedlichsten Gründen auf der Straße leben mussten. Und sie bauten sogar eine eigene mobile Tierklinik auf – das Geld hatte ihnen anonym jemand zugespielt. Und damit waren alle zufrieden – auch ich!

Doch ich musste mich langsam auf den Weg zu meinem nächsten Auftrag machen. Man ließ Zaubermaus aber auch wirklich keine Ruhe.

11

Mein nächster Auftrag brachte mich in ein Gebäude, das ich schon kannte – ein Krankenhaus. Hier hatte ich einst einem jungen Mann durch eine Organtransplantation das Leben retten können. Ach ja, und Paul hatte hier als Seelsorger seinen Dienst versehen. Wo er bloß steckte.

Ich arbeitete also wieder einmal als Ärztin, was ich besonders gerne tat. Dieses Mal auf der Kinderstation. Und kaum hatte ich das Zimmer eines kleinen Mädchens betreten, da rief es auch schon: „Schau mal, Mama, da läuft eine schneeweiße Katze durch das Krankenzimmer!"

„Oh nein, mein Kind, das ist doch nur die Stationsärztin!", antwortete die Mutter und man hörte ihre Besorgnis aus der Stimme.

„Aber, Mama, siehst du denn die Katze nicht?"

Was die Mutter nicht wusste: Alte und Kinder konnten manchmal, obwohl ich verwandelt war, meine wahre Gestalt erkennen und mich als Katzenengel mit Flügeln sehen.

Ich nickte der Mutter freundlich zu und beruhigte das Mädchen. Leise flüsterte ich: „Alles wird gut, nun schlaf erst mal."

Dann bat mich der Chefarzt zu sich ins Zimmer. „Sie sind also die neue Stationsärztin, die uns hier ein wenig unterstützen soll?", fragt er.

Ich nickte. So war es wohl. Dann erzählte er mir, dass das die letzte Station der Hoffnung für schwer kranke Kinder sei. „Wir versuchen, den Kindern, so gut es geht, zu helfen, was uns aber leider nicht immer gelingt. Und bitte, keine Witze über Kinder mit Glatzen machen, es sei denn, die Kinder selbst machen sie." Er schmunzelte und das musste er wohl auch, um seiner schweren Aufgabe ein wenig Leichtigkeit entgegenzusetzen.

Dieser Auftrag würde nicht einfach sein, denn immer, wenn es um schwer kranke Kinder ging, ging es auch um tief greifende Emotionen. Ich musste also wieder einmal mein Bestes geben, das war klar.

Wenig später lief mir ein kleiner Junge direkt in die Arme. Er sagte: „Kannst du nicht aufpassen, wo du hinläufst?“ Er hatte ein Piratenkopftuch um seinen Kopf gebunden.

Natürlich entschuldigte ich mich sofort bei dem kleinen Mann und fragte ihn nach seinem Namen.

Er antwortet prompt: „Patio.“

„Oh, was für ein schöner Name!“, antwortete ich.

„Und wer bist du? Du siehst aber komisch aus. Katzenkopf, Engelsflügel und eine Krone auf dem Kopf.“

„Ich bin Zaubermaus, ein Katzenengel zurück auf Erden!“

Patio lachte: „Klar und ich bin der Osterhase!“

Dann kam der Chefarzt vorbei und rief: „Patio, du solltest doch schon lange im Bett liegen!“

„Ja, ja, ist gut, ich geh ja schon!“, antwortete er und wendete sich noch einmal an mich: „Aber komisch ist es schon, dass der Chefarzt dich nicht so sieht.“

„Ich sag doch, ich bin ein Engel, Patio. Nur du und deine Freunde können mich so sehen, wie ich wirklich bin“, antwortete ich.

„Na, das ist ja sehr aufregend!“, entgegnete er entzückt.

„Genau, also schön aufpassen, was du von dir gibst. Das könnte mir sonst nur schaden, okay?“

„Okay, Zaubermaus, versprochen.“

„Darf ich fragen, wie lange du schon hier bist?“, fragte ich den kleinen Jungen daraufhin.

„Klar, darfst du, ich bin nun schon über ein Jahr hier und warte auf meinen Tod. Mir kann man nicht mehr helfen, die Ärzte sagten mir schon vor ein Jahr, dass ich bald sterben werde. Hier ist sozusagen die Endstation für uns alle, einige gehen nach Hause, um zu sterben, andere wollen lieber hierbleiben. Ich zum Beispiel, denn ich war nun schon achtmal hier. Zweimal hatte ich den Krebs besiegt und wollte einfach nicht aufgeben und kämpfte mich zurück ins Leben! Aber leider kam der Mist immer wieder zurück. Nun bin ich hier und muntere die anderen Kinder ein wenig auf. Ab und zu bekomme ich vom Chefarzt eins auf die Finger, weil ich zu krass drauf und zu direkt bin, wenn ich den Kindern sage, sie müssten eh bald ins Gras beißen", erzählte Patio.

Mir flossen Tränen über die Wange, als er mir so bereitwillig von seinem Schicksal erzählte. Er erzählte mir auch, dass die Ärzte hier ihr Bestes geben und es ab und zu gelingen würde, jemanden vollkommen gesund zu bekommen. Aber er habe hier auch viele sterben sehen.

„He, Zaubermaus, du musst nicht weinen, wir, die wir hier sind, wissen alle, dass der Tag kommen wird, an dem wir Abschied nehmen müssen. Also lass uns jetzt mal hier ein wenig rumlaufen, ich zeig dir alles!"

Ich konnte kein Wort rausbringen, ich musste das alles erst mal sacken lassen. Mir passierte es selten, sprachlos zu sein, aber nun war ich es. Wenn ich könnte, würde ich alle heilen, aber das ging leider nicht – und das tat mir sehr leid.

Patio zeigte mir alles, jede Ecke, jedes Geheimnis. Doch ich merkte, dass ihm das alles zu anstrengend wurde. Der Kleine hatte sich heute ganz schön verausgabt, um mir das Krankenhaus und seine Welt hier zu zeigen. Ich brachte ihn auf sein Zimmer.

Er flüsterte mir leise zu: „Weißt du, was ich mir wünsche, Zaubermaus?"

Ich sagte: „Nein, aber sicher wirst du es mir gleich sagen."

„Ich würde gerne den Mond zum Abschied berühren."

„Und warum?", fragte ich ihn.

„Er hat für mich eine magische Kraft! Würdest du mir diesen Wunsch erfüllen? Bitte!"

„Patio, jetzt schlaf erst mal. Ich schau mal, was sich machen lässt! Und morgen schauen wir nach deinen Freunden, okay?"

„Ja, das machen wir." Patio schlief an diesem Abend sehr glücklich ein.

Ich jedoch ging noch einmal zum Chefarzt. Er fragte mich, ob ich meinen ersten Arbeitstag gut überstanden hätte. Ich bejahte nachdenklich und fragte ihn im Gegenzug, wie er es schaffen würde, viel Kraft aufzubringen, um diesen so schwer kranken Kindern zu helfen.

„Sie haben doch Patio kennengelernt, oder?“, fragte er mich nach einem Moment des Schweigens.

„Ja, das hab ich“, erwiderte ich.

„Er ist mein Sohn. Er gibt mir die Kraft. Ich hab ihm versprechen müssen, dass ich nie aufgeben werde. Die Kinder brauchen mich!“

Ich war sprachlos, mir fehlten die Worte. Ich musste die Tränen zurückhalten. Dan sagte ich: „Es tut mir so leid, Patio ist so ein lieber Kerl.“ Jetzt verstand ich auch, warum er so gerne im Krankenhaus war – hier war sein Papa, der immer in seiner Nähe sein konnte.

„Es muss Ihnen nicht leidtun“, antwortete der Chefarzt. „An Patios Erkrankung trägt niemand die Schuld. Wir wachsen mit unseren Aufgaben und können es den Kindern nur so leicht wie möglich machen. Auch meinem Sohn. Nun legen Sie sich erst einmal schlafen, morgen gibt es wieder viel zu tun. Gute Nacht.“

Am nächsten Tag war ich schon sehr früh auf der Kinderkrankenstation zugange, als plötzlich ein Notfall in Zimmer 506 gemeldet wurde. Oh mein Gott, das war doch das Zimmer des kleinen Patio! Ich rannte, so schnell ich konnte, hatte aber ein ganz mieses Gefühl dabei. Als ich sah, dass es nicht Patio war, der Hilfe benötigte, sondern sein Bettnachbar, war ich zwar froh, aber auch sehr betroffen. Wir Ärzte versuchten alles, um den kleinen Mann zu retten, doch leider, so traurig es auch war: Wir konnten nichts mehr für den kleinen Jungen tun. Wir alle waren verzweifelt und bestürzt zugleich. Wieder war ein junges Leben abrupt zu Ende gegangen.

Auch Patio war am Boden zerstört. Er weinte, weil sein Kumpel gestorben war. Doch nachdem er sich beruhigt hatte, sagte er: „Hey, Leute, Otto hat gesagt, wenn er gehen muss, sollen wir glücklich sein und lachen. Das war sein Wunsch. Denn nun hat mein Freund keine Schmerzen mehr. Otto wollte nicht, dass ihr weint!"

Unbemerkt war der Seelsorger des Krankenhauses in das Patientenzimmer getreten ... und ich erkannte ihn sofort. Es war Paul und ich war heilfroh, ihn wiederzusehen. Wenn wir alleine wären, würde ich ihm aber dennoch gehörig die Meinung so. Mich so lange allein zu lassen! Doch in diesem Moment war das alles nicht wichtig. Ich hörte, wie Paul sagte, dass wir doch eine Abschiedsfeier für Otto organisieren könnten, denn sein letzter Wunsch sollte doch in Erfüllung gehen. Alle stimmten zu.

Patio freute sich, als es so weit war. Oh man, hatten wir Spaß. Patio hielt eine Rede. Plötzlich erschien ein helles Licht und eine Stimme ertönte: „Danke für den tollen Abschied!" Und *zack,* war das Licht auch schon wieder weg. Ich war sehr glücklich, dass alles so gut geklappt hatte. Denn natürlich hatte mein Boss bei diesem Ereignis seine Finger im Spiel gehabt. Manchmal war es doch gut, ein Katzenengel zu sein.

Als die Feier vorüber war, nahm ich mir Paul zu Brust. „Sag mal, was fällt dir eigentlich ein, mich so lange hier auf Erden alleine zu lassen", warf ich ihm ziemlich sauer an den Kopf.

Paul schmunzelte. „Du warst doch gar nicht alleine, Zaubermaus", antwortete er. „Hattest du nicht immer irgendwie das Gefühl, dass dir jemand folgen würde?"

Ich überlegte kurz. Ja, so war es wirklich gewesen, musste ich mir eingestehen. „Das machst du aber nie wieder mit mir", gab ich Paul zur Antwort. Doch der zwinkerte mir nur zu. Letztendlich war es aber auch egal. Wir waren wieder zusammen. Und das war gut so.

Wir blieben noch eine Weile im Krankenhaus, denn wir wussten, dass unser Auftrag hier noch lange nicht zu Ende war. Und dann passierte es tatsächlich, vor dem wir uns doch so gefürchtet hatten. Einige Wochen nach der Abschiedsfeier für Otto brach auch Patio zusammen. Sein kleiner Körper war zu geschwächt, um all die Strapazen weiter aushalten zu können.

Als wir zu ihm ins Zimmer kamen, sah ich, dass seine Augen

voller Trauer waren. Ich drückte seine Hand und sagte zu ihm: „Bitte, Patio, bitte gib nicht auf. Du kannst noch nicht gehen."

Patio öffnete seine Augen und lächelte: „Zaubermaus, du weißt genauso wie ich, dass ich bald gehen muss. Zu Otto und all den anderen Kindern, die ich hier habe sterben sehen. Bitte lass mich in Frieden gehen. Ich kann nicht mehr. Nun weine nicht, Zaubermaus, ich hoffe doch, dass mein Wunsch in Erfüllung geht. Einmal möchte ich den Mond berühren!"

Stimmt, an diesen Wunsch hatte ich gar nicht mehr gedacht. Doch wie sollte ich ihn erfüllen? Paul und ich überlegten gemeinsam und kamen zu dem Schluss, dass uns tatsächlich nur unser Boss bei der Wunscherfüllung helfen konnte.

Und dann kam tatsächlich der Tag, an dem wir von Patio Abschied nehmen mussten. Leise bat der kleine Junge alle, aus dem Zimmer zu gehen – nur ich sollte bleiben. Als wir alleine waren, sagte er mit leiser Stimme: „Bitte erfüll mir jetzt meinen Wunsch, du hast doch die Kraft dafür, Zaubermaus!"

Ich nahm Patio in meinem Arm und öffnete das Fenster. Meine Katzenarme wurden immer länger und länger, bis ich den Mond zu greifen bekam. Ich war selber erstaunt, dass das wirklich klappte, und dankte meinem Boss für diese magischen Kräfte. Ich zog den Mond ganz dicht an Patios, er berührte in und sagte voller Glück: „Danke, Zaubermaus! Bitte gib den Menschen neue Hoffnung, es sind nicht alle böse auf dieser Welt!"

Dann schlief Patio in meinem Arm ein und hatte dabei er ein Lächeln im Gesicht. Ich spürte, wie sein kleines Herz aufhörte zu schlagen. Er hatte den Kampf gegen den Krebs verloren. Nachdem ich eine Weile still mit dem toten Kind im Arm auf seinem Bett sitzen geblieben war, bat ich seinen Vater, den Chefarzt, und Paul zu mir herein. Alle waren sehr traurig, doch natürlich hatten alle auch gewusst, dass es kommen musste. Der Chefarzt wollte mir Patio abnehmen, doch ich trug ihn in die kleine Kapelle des Krankenhauses. Dort sollte er aufgebahrt werden, damit sich alle, die es wollten, von ihm verabschieden konnten. Und es kamen viele, denn Patio waren vielen hier im Krankenhaus ans Herz gewachsen. Sie alle hatten miterlebt, dass er über so viele Jahre hinweg immer wieder tapfer gegen diese heimtückische Krankheit angekämpft hatte. Patio bekam ein schönes Begräbnis. Sein Grabstein war mit einem Mond aus Granit verziert.

12

Es dauerte lange, bis Paul und ich wieder in die Normalität unseres Alltags auf Erden fanden. Doch wir wussten auch, dass wir noch so einige Aufgaben zu erfüllen hatten. Ich war nur froh, dass ich jetzt, nach Patios Tod, Paul an meiner Seite hatte.

Einige Zeit nach dem Begräbnis sollten Paul und ich einen großen Lkw mit Gold beschützen. Eigentlich gar keine schwere Aufgabe, aber geeignet dafür, sich ein wenig abzulenken. Wir fuhren also den Lkw und sollten aufpassen, dass der Transport gut über die Bühne ging. Aber wie das oft so war, passierte ausgerechnet an diesem Tag, als Paul und ich unterwegs waren, genau das, was nicht hätte passieren dürfen.

Zuerst kam eine komische Umleitung, dann die vielen Staus. Bei Paul liefen schon kleine Schweißperlen von der Stirn. Ich sagte: „Mensch, Paul, reiß dich zusammen, das kann schon mal vorkommen." Doch dann gab es wieder eine Umleitung. Diese führte uns überhaupt nicht dorthin, wo wir hinmussten.

Plötzlich tauchten wie aus dem Nichts vier Autos auf und zwangen uns, anzuhalten. Ich machte eine Vollbremsung, doch die vier Autos umstellten unseren Lkw, die Türen gingen auf und Schüsse fielen.

Einer der Maskierten, die uns überfielen, hielt uns direkt sein Maschinengewehr vor die Nase und rief: „Aussteigen oder wir sprengen euch in die Luft!"

Ich schaute zu Paul rüber und sagte: „Alles okay bei dir, Paul?"

Er antwortete voller Angst: „Wer sind die?" Dann riss er voller Panik die Tür auf ... und fiel direkt in die Arme eines Verbrechers, der mich sofort anbrüllte: „Raus aus dem Lkw!"

Ihr könnt euch vorstellen, dass ich das tatsächlich machen musste, mein Engelleben war mir wichtig, also stieg ich aus. Doch als ich mich umdrehte, um nach Paul zu schauen, bekam ich eins über die Rübe. Nach gut einer Stunde kam ich wieder zur Besinnung. Doch wo war Paul? Ich ahnte Böses. Lkw weg, Paul weg und ich, Zaubermaus, auf weiter Strecke ganz alleine. Kein Mensch zu sehen, kein Auto. Einfach nichts. Langsam, aber sicher wurde es dunkel und ziemlich kalt. Als Katze hätte mich die Kälte nicht gestört, denn ich hatte ein schönes, dichtes Fell, aber als Mensch fand ich die Temperaturen nicht besonders angenehm. Nach einer Weile sah ich von Weitem ein kleines Auto. Ich winkte wie verrückt. Was für ein Glück, das Auto hielt an und ich durfte mitfahren. Der junge Mann fragte mich, wo ich denn hin wolle. Nun, ich konnte ihm ja wohl schlecht sofort erzählen, was passiert war, ich kannte ihn ja gar nicht, also antwortete ich einfach: „In irgendein Hotel, bitte!"

Ich war sehr glücklich, als ich endlich im Hotelzimmer war. Zuerst einmal machte ich den Fernseher an, um zu sehen, ob irgendwas Besonderes an diesem Tag passiert war. Und dann sah ich es: Auf jedem Kanal waren mein Paul und die maskierten Männer zu sehen! Doch man konnte den Eindruck gewinnen, dass Paul gar nicht mehr wusste, wer er wirklich war – er hatte offensichtlich diesem Gesindel, das unseren Gold-Lkw geklaut hatte, angeschlossen. Ich muss Paul sofort finden und ihm helfen.

Nachdem ich mich einen Tag ausgeruht hatte, versuchte ich, mir einen Plan für seine Rettung zu überlegen. Aber wo zum Teufel sollte ich anfangen, ihn zu suchen? Ich hatte ja keinen einzigen Hinweis, wo er sein könnte. Also begab ich mich dorthin, wo der Überfall stattgefunden hatte. Vielleicht würde ich ja dort irgendein Hinweis finden.

Am Ort des Verbrechens suchte nach irgendwelchen Spuren, doch außer zerbrochenen Glassplittern und Patronen lag hier nichts weiter auf der Straße. Plötzlich sah ich gegenüber der Straße einen alten Penner mit einem großen Schäferhund auf einer Parkbank sitzen.

Ich ging zu ihm hin und wollte ihn gerade fragen, ob er irgendetwas gesehen habe, da sagte der Alte: „Zaubermaus, gesehen hab ich nichts, aber viel gehört! "

Ich wunderte mich, dass er meinen Namen kannte. Außer Paul wusste keiner auf Erden meinen wirklichen Namen. Ich fragte ihn, woher er mich kennen würde.

„Wie gesagt, ich kann nichts sehen, aber dafür sehr gut hören und dein Paul rief ja die ganze Zeit deinen Namen, Zaubermaus!"

„Darf ich fragen, wer du bist?"

„Klar, man nennt mich nur den Blinden und das hier ist mein treuer Freund Riki! Er spürt, dass du ein guter Mensch bist. Oder sollte ich sagen ein Katzenengel in der Gestalt eines Menschen?" Ich war überrascht, dieser Blinde wusste anscheinend eine ganz Menge, auf das ich mir keinen Reim machen konnte. Dann sagte er, er könne mir sogar helfen. Ich müsste ihm aber im Gegenzug dafür einen Wunsch erfüllen! Ich versicherte ihm: „Klar, alles, was du magst."

Der Mann, der wirklich seit vielen Jahren blind war, wie er mir erzählte, hieß Franz und hatte eigentlich nur ein paar ganz bescheidene Wünsche: Er und sein Hund hätten Hunger und waschen würde er sich auch gern mal wieder, meinte er. Als Dank würde er mir verraten, wo die Ganoven mit Paul waren. Ihr könnt euch sicher vorstellen, dass ich ihm diese Wünsche gerne erfüllte. Nach gut einer Stunde sah Franz wieder wie ein zivilisierter Mensch aus und Riki endlich wieder wie ein richtiger Schäferhund. Aber nun wartete ich voller Hoffnung, dass er mir endlich erzählen würde, was er gehört hatte.

Dann sagte er: „Ich weiß tatsächlich, wo sie sein könnten, denn sie erzählten immer wieder von einem alten Bahnhof, der seit einigen Jahren geschlossen ist. Dort stehen nur noch ausrangierte Waggons, in denen man viel verstecken kann. Aber wir sollten aufpassen, sie haben das Gelände sicherlich besonders geschützt." Der Blinde redete auch weiter immer von *wir*. Wollte er mich etwa begleiten, um Paul zu finden und das Verbrechen aufzuklären?

„Ich glaub nicht, dass du das alleine schaffst, Zaubermaus!"

„Und warum nicht?", fragte ich verdutzt.

„Ganz einfach: Es gibt eine Sache, die du nicht kannst – Sprengstoff erschnüffeln. Aber Riki kann das. Auch wenn er alt ist, hat er es nie verlernt. Und wenn ich überlege, dass es um Gold geht, um viel Gold sogar, dann könnte ich mir gut vorstellen, dass diese Banditen das Versteck mit Sprengstoff oder Minen gesichert haben. Solchen Typen ist alles zuzutrauen."

Da hatte Franz tatsächlich nicht ganz unrecht, also nahm ich ihn und seinen Hund mit. Endlich kamen wir an dem verwaisten Bahnhof an, wir mussten leise sein, da die Ganoven gerade dabei waren, ihre Beute untereinander aufzuteilen. Auch Paul war dabei, ich konnte nicht glauben, dass er da mitmachte.

Ich ließ Riki vorlaufen, er würde uns bestimmt sicher den Weg weisen. Doch als wir dachten, wir hätten es geschafft, da hörten wir eine Explosion, die so stark war, dass wir zu Boden geschleudert wurden. So wurden auch die Ganoven auf uns aufmerksam. Aber wie konnte das passieren? Da sah ich es: Riki hatte tatsächlich wohl Sprengstoff erschnüffelt und – wie auch immer – diesen zur Detonation gebracht. Nun hörten Franz und ich ein Jaulen und ein Winseln: Riki hatte sich offensichtlich verletzt. Was sollten wir nur tun? Ich sendete ein Stoßgebet zu meinen Boss, vielleicht konnte er diesem alten Hund ja helfen.

Dann hörte ich zu allem Überfluss auch noch nur von Weitem, wie die Ganoven riefen: „Wir sind aufgeflogen!" Ich sah, wie sie hastig ihre Beute einpackten. Auch Paul packte seine Beute ein, bis einer der Ganoven zu gierig wurde und Paul eins über den Schädel zu, sodass Paul für ein paar Sekunden ohnmächtig wurde.

„Ich bin gleich wieder da und dann kümmere ich mich um dich, Riki, versprochen", flüsterte ich dem Hund zu, der inzwischen wieder verletzt zu uns zurückgekehrt war. Dann sah ich, wie Paul langsam wieder zur Besinnung kam. Ich wollte ihm mitteilen, dass ich da war und ihm helfen würde, da hörte ich Pauls Stimme: „He, ihr Ganoven, wer hat mich gerade niedergeschlagen?"

Einer der Ganoven drehte sich um und sagte verblüfft: „Wie, du lebst noch?"

Paul machte eine Bewegung so nach dem Motto: „Komm her und sei ein Mann." Ich kannte sein aufbrausendes Temperament ja schon seit langer Zeit und konnte jetzt gar nicht so schnell schauen, da lag der erste Ganove schon am Boden. Die anderen wollten sich gerade aus dem Staub machen, als sich ihnen ein alter Mann in den Weg stellte. Franz hatte sich leise und unbemerkt zu uns geschlichen und stand nun direkt vor einem der Fluchtfahrzeuge der Ganoven.

Ich schrie: „Mach jetzt nur keine Dummheiten, Franz!"

Dann hörte ich, wie ein anderer Wagen aufheulte und jemand ziemlich viel Gas gab, um dann mit voller Geschwindigkeit auf den Blinden zuzurasen. Ich schrie: „Geh weg, Franz, bitte, geh weg!"

Der Wagen kam dem Alten immer näher und näher. Ich stand zu weit weg und war machtlos, ich konnte ihm nicht helfen. Ich schloss die Augen, dieses schreckliche Unglück wollte ich nicht mit ansehen. Doch dann hörte ich ein dumpfes Geräusch und einen Knall. Als ich die Augen öffnete, sah ich, dass der Wagen gegen eine Mauer gefahren war. Aus der zertrümmerten Scheibe ragte ein riesiges Rohr. Ein Stück weiter lag Paul zusammen mit dem Blinden am Boden. Es schien so, als hätte Paul den Blinden in letzter Sekunde noch zur Seite reißen können. Dabei hat er wohl ein Rohr in Richtung des fahrenden Autos geschmissen.

Nun gingen die Autotüren auf und raus krochen aus dem völlig demolierten Fahrzeug die Ganoven. Sie winselten wie kleine Kinder. Ich war ehrlich gesagt froh, dass Paul in letzter Sekunde hatte eingreifen können. Damit uns die Ganoven nicht entkamen, fesselten wir sie. Selbstverständlich fanden wir auch das Gold wieder, was sie uns abgenommen hatten.

Statt Paul eine Standpauke zu halten, wieso es sich solchen Leuten angeschlossen hatte, umarmte ich ihn nur und war glücklich, ihn wieder bei mir zu haben. Dazu noch unverletzt. Aber nun kamen wir noch zum schwierigsten Teil, denn Riki war schwer verwundet. Wir sahen Franz neben seinem Hund knien. Er weinte um ihn, denn er war ja das Einzige, was er noch hatte.

Paul schaute mich an: „Wir müssen doch was tun können."

„Ja, ich weiß und ich werde was tun! Paul, nimm den blinden Mann mit, ich komm gleich nach!"

Franz wollte sich anfangs jedoch gar nicht von seinem geliebten Riki trennen, doch Paul konnte ihn überzeugen. Mithilfe unseres Chefs gelang es mir, den Hund wieder zu heilen – als ich mit Riki zurückkam, sah er so aus, als wäre nie etwas gewesen – ihn ging es wieder richtig gut. Er sprang sein Herrchen an und schlabberte ihm einmal quer übers Gesicht.

Beide bekamen schließlich eine Auszeichnung für die Ergreifung der Gauner und die Wiederbeschaffung des Goldes. Das hieß auch, dass sie Hund und Herrchen eine riesige Belohnung bekamen und somit endlich ein sorgloses Leben führen konnten.

Paul fragte mich: „Wie hast du das nur wieder hinbekommen?"

Ich antwortete: „Ich glaub, dass es auch im Sinne unseres Chefs war, Paul, dass Franz und Riki die ganze Ehre zuteilwurde und nicht uns. Aber wir sollten uns langsam auf den Weg machen und verschwinden!"

„Willst du dich denn nicht verabschieden?"

„Paul, das hab ich doch schon!" Dann machten wir uns auf den Weg in der Hoffnung, dass der neue Auftrag ein wenig ruhiger werden würde.

13

Nachdem wir uns von unseren letzten Auftrag gut erholt hatten, mussten wir auch nicht lange auf einen neuen warten. Nun, da wir bis auf den Knochen ausgebrannt waren und so gut wie kein Geld mehr hatten, kam uns das nächste Angebot gerade recht. Gesucht wurden Grubenarbeiter bei sehr guter Bezahlung. Paul war natürlich nicht so begeistert, alles, was mit körperlicher Arbeit zu tun hatte, war für ihn der reinste Horror. Aber es nützte nichts, Paul konnte so laut jammern, wie es wollte, wir brauchten diesen Job. Also gingen wir zum Grubenleiter.

Dieser sah sehr finster aus und hatte eine sehr strenge Stimme. Auf seinem verschmutzten Schild stand nur: *Der Vollstrecker.* Er war groß und hatte Muskeln. Mit strenger Stimme sagte er zu uns: „Hier wird von 6 bis 20 Uhr gearbeitet und das jeden Tag. Pausen sind von 9:00 bis 9:30 Uhr und von 15:00 bis 15:30 Uhr." Dann bekamen wir unsere Ausrüstung und mussten mit einem Korb runter in die Grube fahren. Es war dunkel und sehr warm hier unten. Einige Arbeiter sahen zudem nicht gerade gesund aus.

Paul sagte: „Zaubermaus, du bist dir sicher, dass wir hier unten arbeiten sollen?"

Ich nickte nur. Dann fingen wir an.

So schufteten wir Tag und Tag, Woche um Woche, ohne dass etwas Außergewöhnliches passierte. Ich war schon fast davon überzeugt, dass dies hier gar kein vom Katzengott gestellter Auftrag war, als Paul eines Tages rief: „Zaubermaus, Zaubermaus ich bin reich. Reich!" Paul hatte einen riesigen Goldklumpen gefunden und war richtig stolz darauf. Doch kaum hatte er ihn gefunden, da war er ihn auch schon wieder los. Der Vollstrecker hatte ihn einfach so zu Boden gestoßen, Paul den Goldklumpen entrissen. Nun lag mein Freund am Boden.

Ich rief: „He, was soll das?“

„Klappe, sonst bekommst du auch noch eins über die Rübe!“, bekam ich als Antwort.

Ich ging zu Paul, um zu sehen, ob bei ihm alles okay war. Bis auf eine kleine Beule am Kopf ging es ihm so weit gut. Er sagte zu mir: „Ich glaube, hier geht was nicht mit rechten Dingen zu, Zaubermaus.“

Auch die anderen Arbeiter hatten mitbekommen, was passiert war, und kamen nun auf uns zu, unser Vorarbeiter war allerdings nicht mehr zu sehen – er hatte mit dem Gold das Weite gesucht.

Einer der Arbeiter sagte zu uns: „Hier hat noch nie einer Geld gesehen.“

Paul antwortete entsetzt: „Wie jetzt?“

Dann erzählten sie von ihrer Situation hier in der Grube und bemerkten, dass sie kaum je das Tageslicht sehen würden, da sie so viele Stunden arbeiten müssten.

Ich wusste nun, was ich zu tun hatte: „Ich werde jetzt nach oben gehen und ihr passt bitte gut auf Paul auf, ich werde das hier für euch regeln!“

„Ich glaub nicht, dass du was ausrichten kannst“, bekam ich von einem Arbeiter als Antwort.

Ich schaute mich noch einmal um und sagte nur: „Keine Sorge. Alles wird gut.“ Ich stieg in den Aufzug und ließ mich nach oben ziehen. Der Aufzug fing aber plötzlich an, zu wackeln. Dabei waren es nur noch ein paar Meter bis nach oben. Plötzlich gab es eine Explosion, der ganze Berg bebte so stark, dass Geröll herunterkam und das Seil des Aufzugs riss. Er stürzte scheinbar ins Bodenlose, ich krallte mich an den Eisenstäben des Korbs fest. Erst wurde es dunkel und eine riesige, schwarze Wolke umhüllte mich, dann wurde es still, sehr still. Was war nur geschehen?

Als der schwarze Rauch endlich verschwunden war, sah ich das ganze Ausmaß der Katastrophe. „Oh mein Gott“, dachte ich mir, „wie konnte das nur passieren?“ Doch dann schoss mir plötzlich der Gedanke durch den Kopf, dass ja auch Paul und die anderen Kumpels noch hier unten waren! Ob ihnen etwas zugestoßen war? Ob sie noch lebten? Bange Fragen, auf die ich keine Antwort wusste. Nur eines wusste ich ganz genau: Ich musste schnell Hilfe holen, denn, obwohl doch sicherlich die Explosion weithin zu hören gewesen war, passierte ... nichts. In meiner Panik beschloss ich, meine menschliche Gestalt aufzugeben und als Katze den Aufstieg zu versuchen. Ich hangelte mich also am Grubenkorb, an Seilen und Geröll nach oben. Das dauerte eine ganz Weile und ich war schon bald erschöpft, doch die Leute da unten in der Grube brauchten mich jetzt. Also beschloss ich, so schnell es ging, die Feuerwehr zu holen. Ich wollte den Männern klar machen, dass es ein Unglück gegeben hatte und Menschen in Gefahr waren.

Doch die Feuerwehrleute schauten mich nur an und sagten: „Wir haben nichts von einer Explosion gehört."

„Wie bitte? Die Explosion müssen Sie gehört haben! Bitte, Sie sollen einfach nur den Leuten in der verschütteten Grube helfen!" Schließlich glaubten mir die Retter und rückten mit großen Maschinen Richtung Grube aus. Und dann sahen sie, dass ich recht gehabt hatte, doch kaum einer hatte noch Hoffnung, dort noch unten noch irgendeinen lebend rauszubekommen.

„Wir würden Wochen brauchen, um alles dort abzusuchen", sagte mir der Einsatzleiter.

„Ihr wollt mir doch nicht ernsthaft sagen, dass es zwecklos ist?", fragte ich zurück. Dann schaute ich in ihre verzweifelten Gesichter, keiner wusste so recht, was er sagen sollte. Aber sie begannen, nach den Verschütteten zu suchen. Stunde um Stunde.

Und dann passierte etwas, mit dem ich nicht gerechnet hatte: Plötzlich stand der Vollstrecker vor mir. Hatte er etwa ein schlechtes Gewissen bekommen?

Er schrie: „Oh mein Gott, das wollte ich nicht! Mein Sohn! Mein Sohn ist dort unten, tut doch was, bitte tut was! Ich wollte doch nur eine ganz kleine Explosion herbeiführen, um noch mehr Gold freilegen zu können und damit die Jungs schneller arbeiten."

Ich dachte, ich würde nicht richtig hören. Am liebsten hätte ich ihm eine runtergehauen, das wär bestimmt in Pauls Sinn gewesen. Wir mussten aber einen kühlen Kopf bewahren und uns überlegen, wie wir alle Verschütteten lebend bergen konnten.

Und dann hatte der Vollstrecker doch noch eine brauchbare Idee. „Die Grubenbesitzer haben vor Jahren einen Rettungsschacht zum Stollen anlegen lassen. Wenn wir Glück haben, ist er unbeschädigt geblieben."

Und so war es dann auch – wir hatten Glück im Unglück. Schon bald hörten die Rettungskräfte erste Hilferufe der Verschütteten und konnten Kontakt zu ihnen aufnehmen. Bald darauf drangen sie auch zu ihnen vor und holten einen Grubenarbeiter nach dem anderen aus dem Stollen raus. Einer der letzten war Paul. Alle waren so weit okay, hatten nur ein paar Schrammen und Blutergüsse aufzuweisen.

Ich war heilfroh, dass alles so glimpflich abgegeben war. Paul berichtete dann, was sie sich nach der Explosion abgespielt hatte. „Wir waren in einem abgelegten Schacht, an dessen Ende eine kleine Stollenhalde befand. Zu der retteten wir uns. Glaub mir, Zaubermaus, was ich da gesehen habe, habe ich noch nie gesehen – so viel Gold. Der Sohn des Vollstreckers hat uns eine ganze Menge von den Machenschaften seines Vaters erzählt. Glaub mir, das ist ein richtiges Schlitzohr. Der hat die Grubenbesitzer bestohlen und die Leute hier, die Arbeiter total ausgebeutet. So ein richtiges Miststück ist der."

Paul redete sich in Rage. Und als er alles erzählt hatte, wussten wir auch, dass der Vollstrecker nicht alleine gehandelt hatte. Er hatte Helfershelfer gehabt, um das Ganze zu vertuschen – und die saßen bei der Polizei. Der Sohn des Vollstreckers, der übrigens mit der ganzen Angelegenheit nichts zu tun hatte, kannte sogar die Namen der Hintermänner.

Als wir also wenig später den Vollstrecker der Polizei übergaben, achteten wir genau darauf, wer da vor uns stand und berichteten den Beamten auch von ihren korrupten Kollegen. Natürlich wurden alle inhaftiert und bestraft.

Nun war es an der Zeit, das Gold gerecht aufzuteilen. Die Grubenbesitzer verzichteten auf ihren Anteil, als sie erfuhren, was ihre Arbeiter in den letzten Monaten und Jahren alles hatten durchmachen müssen. Sie bauten die Grube neu auf, stellten einen neuen Vorarbeiter ein und zahlten von da an gerechte Löhne.

Ich verzichtete auf meine Entlohnung, doch Paul rieb sich die Hände und freute sich über seinen Batzen Gold. „Okay, Zaubermaus", sagte er zufrieden, „nun lass uns hier verschwinden! Auf uns wartet ein neuer Auftrag."

14

Es war schon sehr spät am Abend, als wir in einem kleinen Ort namens Blume ankamen. Paul und ich waren sehr müde, also suchten wir uns für diese Nacht ein billiges Hotel, was wir zum Glück auch schnell fanden. Nur der Mann an der Rezeption sah ehrlich gesagt nicht gerade gesund aus. Und dann nieste er dem armen Paul auch noch mitten ins Gesicht. Natürlich war das dem Mann sehr peinlich. Er entschuldigte sich sofort. Paul nickte nur und ging gleich in unser Zimmer.

Die Nacht ging wie immer viel zu schnell rum. Normalerweise war Paul immer der Erste, der morgens aufstand. Nur dieses Mal war es nicht so. Ich dachte mir: „Der wird doch jetzt nicht noch zum Langschläfer werden?" Also ging ich zu Pauls Bett und rüttelte an seiner Schulter. Zu meinem Erstaunen rührte er sich nicht. Ich drehte Paul um und sah sein schneeweißes Gesicht. Er atmete sehr schwach. Ich rannte runter zur Rezeption und wollte den Mann bitten, einen Arzt zu rufen. Doch das, was ich sah, gefiel mir nun gar nicht. Er lag am Boden ebenso wie vier weitere Personen! Ich ahnte Böses.

Also lief ich vor das Hotel und sah auch dort einige Menschen am Boden liegen, andere konnten sich gerade noch so auf den Beinen halten, wiederum andere krümmten sich vor Schmerzen und riefen um Hilfe. Ich fragte mich, warum alle auf einmal erkrankt waren ... und warum ich gesund geblieben war. Jetzt aber musste mich ich mich zuerst einmal um Paul kümmern und rannte wieder zu ihm.

Ich spürte, wie Pauls Körper glühte, als würde er innerlich verbrennen. Ich legte ihn in eine Wanne mit kaltem Wasser, um die Temperatur runter zu bekommen. Gleichzeitig musste ich die Gesundheitsbehörde informieren, denn ich vermutete, dass irgendein Virus quasi über Nacht um sich gegriffen hatte. Als ich das erledigt hatte und Paul erst einmal gut versorgt wusste, ging wieder raus, um zu sehen, inwieweit ich dort den Leuten helfen konnte. Draußen wurden es immer mehr Menschen, die auf der Straße saßen oder lagen. Es war ganz schön unheimlich und ich erstarrte fast. Bis ich einen kleinen Jungen sah, der weinend herumlief. Ich schnappte ihn mir und wolle ihn trösten, aber sein Gesicht war knallrot und mit vielen Pickeln übersät. Er weinte, hatte Schmerzen und schrie immer wieder nach seiner Mama.

Wenn ich ehrlich bin, war ich schon ein wenig überfordert und fühlte mich machtlos. Der Junge zeigte immer wieder mit den Fingern zu einem Haus, als ob er mir sagen wollte, dass ich dorthin sollte. Ich konnte nur hoffen, dass die von mir gerufenen Ärzte bald eintreffen würde. Schließlich musste auch die Stadt vollkommen abgesperrt werden. Ich nahm den kleinen Jungen mit ins Hotel, um vorsichtshalber noch mal nach Paul zu sehen. Als ich ins Zimmer kam, war er nicht mehr da. Paul war weg. Oh nein, ich hätte wohl bei ihm bleiben sollen! Ich rannte wieder mit dem Kind ins Foyer des Hotels, doch auch dort war kein Kranker mehr zu sehen. Stattdessen standen plötzlich zehn Leute in weißen Anzügen vor mir und riefen: „Mitkommen, und zwar sofort! Und geben Sie uns das kleine Kind sofort her!"

Mir blieb leider nichts anderes übrig, als die Anweisung zu befolgen. Dann wurde ich abgeführt und auf eine Isolierstation gebracht. Ich hörte, wie einer sagt: „Die Stadt ist vollkommen abgeriegelt, keiner kann raus oder rein. Sollte es einer versuchen, gibt es einen Schießbefehl!" Dann hörte ich, dass sie auf der Suche nach einem Affen waren, der einen gefährlichen Virus in sich tragen sollte. Er sollte aus China stammen und von dort mit einem Schiff hierher gebracht worden sein. Nach seiner Ankunft war eine Epidemie ausgebrochen. Hunderte, Tausende Menschen schwer erkrankt. Oje, das hörte sich gar nicht gut an. Und sollte der Affe nicht eingefangen werden, könnte sich der Virus noch viel weiter verbreiten. Nur wenn man ihn fand, konnte ein Impfstoff als Gegenmittel gegen die Krankheit hergestellt werden.

Als ich das gehört hatte, wurde mir sofort klar: Ich musste hier irgendwie raus. Ich blickte durch den ganzen Raum, dann sah ich ganz hinten in einer Ecke eine Liege stehen. Dieser Patient, der darauf lag, wehrt sich mit allen Mitteln, um frei zu kommen.

War das nicht Paul? Es war Paul! Ich freute mich sehr, ihn gefunden zu haben, es schien ihm auch schon wieder besser zugehen. Man hatte ihn mit Ketten regelrecht festgeschnürt. Der Arme tat mir schon leid. Schließlich hatte er sich ja mit diesem ominösen Virus infiziert, aber wie es schien, hatten die Ärzte schnell festgestellt, dass er anders auf das Virus reagierte als andere Patienten. Kein Wunder, er war ja auch nur dem Schein nach ein Mann, in Wirklichkeit aber eine Maus mit Heiligenschein ... und einem teuflischen Vater.

Möglichst unauffällig schlich ich mich also zu Paul, um ihn aus der misslichen Lage zu befreien.

Als das geschehen war, beschlossen wir, uns zu verwandeln und als Katze und Maus diese Isolierstation zu verlassen, Paul war inzwischen schon wieder so fit und gesund, dass ich ihm ein solches Unternehmen zutrauen konnte. Wir mussten diesen entlaufenen Affen finden, koste es, was es wolle.

Die Isolierstation zu verlassen, war dann ein Klacks für uns. Die Pfleger öffneten uns sogar bereitwillig die Türen – sie wollten weder eine Katze und schon gar keine Maus bei ihren schwer kranken Patienten haben.

Als wir endlich unter freiem Himmel standen, machten wir uns sofort auf die Suche. Zuerst fanden wir keine Spur von dem Tier, doch nach Stunden der Suche hörten wir plötzlich über uns ein Kreischen. Das konnte nur der entlaufene Affe sein.

Und dann sah ich ihn auch schon. Es war ein kleiner Schimpanse, der in dem Baum, in dem er saß, doch schon sehr verloren aussah. Ich locke ihn zu uns – Tiere hatte da so ihre Möglichkeiten – und er vertraute uns. Schließlich schafften Paul und ich es, dass er Vertrauen zu uns entwickelte und uns zu den Ärzten folgte, die die am Virus erkrankten Menschen behandelten. Paul und ich hatten uns inzwischen in Wissenschaftler verwandelt, um dem Affen unbehelligt folgen zu können. Zuerst waren die

Ärzte und Pfleger ein wenig skeptisch, doch als ich sagte: „Ja, ja ist gut. Wir wollen nur helfen, mehr nicht“, waren sie doch froh, nun Unterstützung zu haben, denn immer mehr Menschen hatten sich inzwischen auf der Isolierstation eingefunden.

Paul und ich wurden ebenfalls in weiße Anzüge gesteckt und erhielten Schutzmasken – nun konnten wir den kleinen Schimpansen untersuchen. Es stelle sich bereits bei den ersten immunologischen Untersuchungen heraus, dass es sich wirklich bei dem Virus um einen aus China eingeschleppten handelte.

Nun war unser ganzes Können gefragt, dennoch dauerte es einige Wochen, bis wir den richtigen Impfstoff gefunden hatten. Aber sie schafften es und konnten das Gegenmittel herstellen und es den Menschen in unserer Umgebung zur Verfügung stellen.

Plötzlich rief einer derjenigen, die am schwersten erkrankt waren: „Gibt es hier auf der Quarantänestation auch mal was Vernünftiges zu trinken – außer Wasser? Ich will ein Bier!“

„Oh, ja klar!“, sagte ich erfreut, da unser Mittel anscheinend geholfen hatte. Man, war ich glücklich.

Sicher fragt ihr euch, was aus dem Affen geworden ist. Nachdem wir ihn behandelt und unter Quarantäne gestellt hatten, erholte er sich schnell. Er lebt nun in einem Naturschutzgebiet und spielt mit seinen Artgenossen. Wir machten uns nun schnell auf den Weg zu einem neuen Auftrag – von Krankheiten hatten wir jedenfalls erst mal die Nase voll.

15

Unser letzter Auftrag hätte für uns zwei böse enden können. Wir fuhren gerade die Landstraße entlang, als Paul plötzlich und unerwartet auf die Klötze stieg, ich mein natürlich auf die Bremse ging. Paul hätte fast eine Katze erwischt. Wir fuhren rechts ran, um zu sehen, wie es der Katze ging.

Oh je, oh je, ihr Zustand war nicht gerade so, dass man sagen konnte, es würde ihr gut gehen. Das lag aber nicht an Pauls Fahrkünsten, sondern am Allgemeinzustand dieser Katze, sie sah ziemlich verwahrlost aus. Trotzdem kam mir die Katze irgendwie bekannt vor.

Paul schaute mich an und fragte: „Zaubermaus, kennst du sie?" Ich antwortete: „Es könnte Lutz sein, er war damals bei einem meiner ersten Aufträge hier auf Erden dabei. Ich hatte für ihn ein neues Zuhause suchen müssen, weil ihn sein alter Besitzer einfach so entsorgt hatte. Da war er noch ganz jung, quasi fast noch ein Katzenbaby." Dann erkannt ich ihn tatsächlich und rief erfreut: „Es ist Lutz!" Ich hatte ihn an seinem kleinen weißen Fleck erkannt, der genau da saß, wo er schon früher gewesen war.

„Aber was um Himmels willen ist mit Lutz passiert? Er hatte doch eine Familie gefunden? War doch glücklich", wunderte sich Paul.

„Da muss was vorgefallen sein", gab ich nachdenklich zurück. Als ich Lutz aufheben wollte, fauchte er mich an und verpasste mir eins mit seiner Pfote, aber zum Glück war ich ja noch gelenkig und konnte den Schlag abwehren.

Paul sagte: „Na, das ist ja eine nette Begrüßung zwischen euch beiden."

„Ja, Paul, das hat er schon mal gemacht, als er noch jung war. Komm, wir müssen ihn erst mal aufbauen, sodass er zu Kräften kommt. Es sieht aus, als ob er viel durchgemacht hat!"

Nachdem wir Lutz auf Herz und Nieren untersucht hatten und ihm im wahrsten Sinne des Wortes eine deftige Katzenwäsche verpasst hatte, sah Lutz endlich wieder wie ein anständiger Kater aus. Zwar älter als früher, aber immer noch frech.

Offensichtlich fühlte sich auch Lutz nun wohler, denn er schnüffelt an Paul und schnurrte mir ins Ohr. Endlich sagte er: „Bist du nicht Zaubermaus, die mich als Katzenkind gefunden und mir ein wundervolles Leben bei wundervollen Menschen ermöglicht hat?"

„Ja, Lutz, ich bin's", antwortete ich erleichtert, da er mich erkannt hatte.

„Aber du siehst aus wie ein halber Mensch und eine halbe Katze, der neben dir wie ein halber Teufel und ein halber Mensch."

Paul musste schmunzeln: „Na, nicht so frech. Du sahst vorhin auch ein wenig zerrupft aus. Aber was zum Teufel ist dir widerfahren? Hat man dich ausgesetzt?"

„Nein, nein. Die Familie liebte mich über alles. Es passierte vor fast drei Jahren, da kam meine geliebte Familie bei einem Flugzeugabsturz ums Leben. Nur der Jüngste überlebte, es war für ihn alles unbegreiflich schwer. Er hat seinen Kummer in Alkohol ertränkt. Bitte glaub mir, Zaubermaus, ich wollte ihm helfen, aber eines Tages war er weg, einfach verschwunden! Er ließ mich alleine, seinen kleinen Kater. Nun bin ich seit zwei Jahren auf der Suche nach ihm. Was ich alles durchmachen musste! Ihr könnt es euch nicht vorstellen. Ich bin angefahren worden, bin getreten und vertrieben worden. Ich wusste nicht, dass es so viele Menschen gibt, die Tiere hassen. Und nun habt ihr mich gefunden, war es nur Zufall?"

„Nein, das bestimmt nicht, Lutz. Aber mach dir keinen Kopf, wir werden dir bei der Suche helfen, versprochen", sagte ich tröstend zu ihm.

„Echt?", fragte er hoffnungsvoll.

„Ja, wirklich!"

Dann legte sich Lutz ein wenig zur Seite und schlief ein.

Paul fragte mich: „Bist du dir sicher, dass wir den Gesuchten finden können?“ Ich nickte Paul zu, denn umsonst hatte uns der Katzengott nicht mit diesem Auftrag betraut. Und ich wusste sogar schon, wo wir mit der Suchen anfangen mussten.

Nachdem sich Lutz ausgeschlafen und den Bauch einmal so richtig vollgeschlagen hatte, fuhren Paul, Lutz und ich mit dem Auto los.

„Zaubermaus, wie kommt es, dass du Lutz so gut kennst?“, fragte Paul in die Stille hinein.

„Nun ja, Paul, als ich Lutz vor Jahren fand, war er noch sehr klein und ein kleiner Rebell, sehr ungehalten für so einen jungen Kater.“

Paul musste ein wenig grinsen und erwiderte: „Waren wir das denn nicht alle mal?“

„Ja schon, aber Lutz war damals ja auch mein erster Auftrag hier auf Erden und ich wollte den ja gut erfüllen. Ich kann mich noch sehr gut erinnern!“

„Echt?“, entgegnete Paul. „Ich spürte aber auch, dass du ein wenig bedrückt bist, Zaubermaus! Magst du mir ein wenig davon erzählen? Lutz scheint ja wider tief und fest zu schlafen.“

„Nun gut, Paul, ich sehe es noch alles vor mir, als wäre es gestern gewesen. Er war ein echter Draufgänger, am liebsten saß er unter einer Treppe und schaute immer unter die Röcke der Frauen. Natürlich rief ich ihm immer zu, er solle das lassen, aber so ganz abgewöhnen konnte ich ihm das leider nie. Oder wie er eine ganze Schlange Wiener Würste aus einem Restaurant klaute und sie den kleinen Katzenkindern gab, die auf der Straße lebten. Oder als er einer alten Oma die Brieftasche zurückgab, die ihr zuvor geklaut worden war. Ja, Paul, ich sehe alles noch vor mir, als wäre es erst gestern gewesen.“

„Dann ist Lutz ein aufrichtiger Kater?“, fragte Paul.

Ja das war er wirklich, das konnte ich Paul aus vollstem Herzen versichern.

Kurze Zeit darauf fragte Paul noch, wo wir denn jetzt hinfahren würden. Darauf erwiderte ich: „Man sagt immer, man solle dorthin gehen, wo alles mal begonnen hat. Paul, am besten du machst ein kleines Nickerchen, der Tag morgen wird sicher sehr anstrengend werden."

„Nun gut, Zaubermaus, wenn was ist, mach mich einfach wach, okay?"

Ich nickte kurz. Schließlich musste ich mich ja nun auch aufs Fahren konzentrieren. Aber nun hatte ich ein kleines Problem: Lutz und Paul schnarchten mir nun gleichzeitig in die Ohren. Das war reinste Katzenmusik ... ziemlich schrill.

Langsam wurde es hell, man konnte schon den Sonnenaufgang über den Bergen erkennen. Dann hörte ich ein leises Miau. Ah, Lutz war wach geworden. Er schaute aus dem Fenster, anscheinend merkte er, dass es dorthin ging, wo alles begonnen hatte. Nach gut sechs Stunden Fahrzeit kamen wir endlich an und auf dem Ortseingangsschild stand noch immer: *Herzlich willkommen in Pubs.* Was für eine Freude, dass noch alles fast so war wie früher.

Plötzlich öffnete Lutz die Autotür und sprang raus, ich rief: „Lutz, Lutz warte doch!"

Aber Lutz rannte weg. Von meinen Schreien wurde Paul wach und fragte nur ganz verdutzt: „War was?"

„Nein, nein alles gut, Paul!"

„Und wo ist Lutz?"

„Schau mal, siehst du da die Rolltreppe und das kleine graue Wollknäuel, das ist Lutz!"

Plötzlich rief jemand: „Haltet den Dieb!!"

Paul rief: „Zaubermaus, da spielt einer genau die Szenen nach, die du mir erzählt hast. Und überhaupt: Warum lachst du darüber?"

„Schau mal dort hinten, siehst du das?", grinste ich weiter. „Siehst du die große schwarze Katze mit ihren sechs Jungen?"

„Aber woher weiß Lutz das alles?"

„Das hat er von mir. Vergiss nie die Bedürftigen!"

Nach kurzer Zeit kam Lutz zu uns zurück. Er war sehr geschafft. Er legte sich gleich zurück auf die Rücksitzbank unseres Wagens und schlief sofort ein.

Nach einer Weile fragte Paul: „Zaubermaus, du schaust auf einmal so traurig, ist wirklich alles in Ordnung? Oder verschweigst du mir was?"

Ich schaute Paul an und antwortete: „Es ist alles gut, Paul. Würdest du bitte bei Lutz bleiben. Ich muss noch was erledigen."

Paul fragte nicht weiter nach, denn er wusste, ich würde es ihm jetzt doch nicht erzählen.

Ich hatte da so eine Idee, weshalb ich mich auf den Weg zum nahe gelegenen See machte, an dem damals alles begonnen hatte. Auf einer Bank saß ein etwas verwahrloster Mann und starrte stur aufs dunkle Wasser. Rechts und links lagen Schnapspullen um ihn herum und besonders gut roch der Mann auch nicht. Ich setzte mich zu ihm, reichte ihm ein Wurstbrot und einen Kaffee rüber.

Dann schaute er mich mit seinen traurigen Augen an und fragte: „Bin ich jetzt endlich bei Gott?"

Ich legte meine Hand auf seine Schulter und antwortete: „Ich weiß, dass du viel Leid und Kummer durchleiden musstest." Der junge Mann sah mich überrascht an, dann begann er zu erzählen, was an diesen verhängnisvollen Tagen vor drei Jahren geschehen war. Er hatte Stress mit seinen Eltern gehabt, sich fürchterlich mit ihnen gezofft. Mit bösen Worten waren sie auseinandergegangen, dann war am nächsten Morgen das große Unglück geschehen. Seitdem machte er sich Vorwürfe, dass er sich im Streit von seiner Familie getrennt und kein versöhnendes Wort mehr für sie gefunden hatte.

Mit Tränen in den Augen sagte er: „Ich habe sogar meinen besten Freund, den ich über alles liebte, im Stich gelassen. Ich wollte Gutes tun und hab nichts auf die Reihe bekommen. Ich saß sogar ein Jahr im Gefängnis!" Plötzlich sah er mir direkt in die Augen: „Dich kenn ich doch auch von irgendwo her?"

Ich nickte: „Ja, wir haben uns vor einigen Jahren mal getroffen. Du warst noch sehr jung. Du bist hier ins Wasser gefallen und ein mutiger kleiner Kater hat dich damals gerettet."

„Ich weiß, wir haben ihm damals ein Zuhause gegeben, er war

mein bester Freund und ich hab ihn im Stich gelassen. Aber ich konnte nicht anders, er sollte es besser haben als ich. Ich vermisse ihn sehr, es gibt keinen Tag, an dem ich nicht an meinen Lutz denke!“

„Was hältst du davon, wenn wir dich wieder schön machen? Und du mit dem Saufen aufhörst? Dann habe ich eine Überraschung für dich“, meinte ich zu ihm.

Er konnte es nicht glauben. Er weinte und sagte bloß: „Gerne!“ Nun gut, natürlich dauerte es ein wenig länger, bis er wieder so aussah, dass man ihn erkennen konnte. Die Sauferei hatte ihn ganz schön mitgenommen und zu einem Wrack gemacht, doch nun ging er zu den Anonymen Alkoholikern und rührte keinen Tropfen mehr an. Er wollte wirklich ein neues Leben beginnen.

Als wir eines Tages in seinem kleinen Hotelzimmer saßen, das ich für ihn angemietet hatte, damit er nicht obdachlos war, fiel mir auf, dass der junge Mann eine ziemlich große Narbe an der Hand hatte. „Stammt die von Lutz?“, fragte ich ihn.

Er nickte: „Er wollte mich damals aufhalten. Ist ein kleines Andenken an ihn. Keine Sorge, ich habe es ihm nie übel genommen.“ Dann sagte ich ihm, dass sein Lutz ihn auch nicht vergessen habe. Er schaute mich an und meinte verblüfft: „Lutz ist tot!“

Ich erwiderte nur: „Nein, Lutz ist nicht tot! Bitte warte hier, renn nicht weg, okay?“

Er nickte und ich lief, so schnell ich konnte, zurück zu Pauls und meiner Unterkunft. Lutz saß brav zusammen mit Paul auf unserem Sofa und ließ es sich gut gehen.

Ich rief: „Lutz, ich hab ihn gefunden. Komm schnell.“ Ich hatte ihm extra in den zurückliegenden Wochen noch nichts von dem jungen Mann erzählt, ich wollte tatsächlich er sichergehen, dass er nun auch wieder die Verantwortung für ein Tier übernehmen konnte. Jetzt aber war ich mir sicher, dass es die beiden verdient hatten, einander wiederzufinden.

Lutz war aufgeregt, doch auch zu schwach, um mir schnell zu folgen. Die Jahre auf der Straße hatten ihn gezeichnet und schließlich war er ja nicht mehr der Jüngste. Ich nahm ihn also auf dem Arm und brachte ihn zu seinen Herrchen. Lutz hüpfte gleich auf seinen Schoß. Selbst Paul weinte, als er die beiden so vereint sah.

Wir ließen sie alleine ... und das hätte das Ende dieses Auftrags sein können.

Doch kaum hatten Paul und ich Pubs verlassen und die nächsten zwei oder drei Aufgaben erfüllt, erreichte uns ein neuer Hilferuf, der uns wieder zurück nach Pubs brachte. Das war schon komisch, denn so schnell waren wir noch nie wieder am gleichen Ort gewesen, an dem wir schon einmal einen Auftrag erledigt hatten.

Paul und ich fanden uns vor dem Hotel ein, in dem ich für den jungen Mann ein kleines Zimmer gemietet und auch für Monate im Voraus bezahlt hatte. Als ich in der Hoffnung, meine beiden Freunde in dem Hotel zu treffen, das Haus betrat, wurde ich gleich an der Rezeption abgefangen.

„Sie kommen leider zu später“, sagte der Rezeptionist. „Die beiden Gäste leben nicht mehr. Der junge Mann hat sich im See das Leben genommen. Es tut mir leid, Ihnen das so unverblümt sagen zu müssen. Der Kater ist wenige Tage später ebenfalls tot am See aufgefunden worden.“

Ich war geschockt und Paul auch. Wir hatten doch alles versucht, um den beiden ein neues, gutes Leben zu ermöglichen, und nun diese schockierende Nachricht, die uns echt runterriss.

„Wissen Sie, warum sich der Mann das Leben genommen hat?“, frage ich traurig.

„Nein, leider nicht“, antwortete der Mann an der Rezeption. Dann reichte er uns einen Briefumschlag. „Aber das hier sollte ich für Sie aufheben und Ihnen geben, wenn wir uns noch einmal sehen würden.“

Ich nahm den Briefumschlag entgegen und bedankte mich. Paul und ich verließen das Hotel und machten uns auf den Weg zu diesem schicksalhaften See. Wir waren sehr traurig, als wir uns dort auf eine Bank setzten. Ich öffnete den Brief und las:

Liebe Zaubermaus,

ich bin's, dein kleiner Lutz. Vielen lieben Dank für alles, was du für mich und meinen jungen Herrn getan hast. Gerne hätten wir das Leben gelebt, das du für uns geplant hattest.
Doch leider läuft nicht immer alles nach Plan. Mein Herrchen konnte sich einfach nicht verzeihen, dass er seiner Familie nicht hatte anders begegnen können nach ihrem Streit damals. Und er war krank, sehr krank. Nicht nur an seiner Seele, sondern auch körperlich.
Aber das spielt nun keine Rolle mehr. Er hat sich das Leben genommen. Und ich möchte ohne ihn nicht mehr leben. Ich spüre, dass meine Kräfte weiter nachlassen, und ich bin mir sicher, dass ich bald jene Pforte im Katzenhimmel durchschreiten werde, von der du mir, liebe Zaubermaus, in den letzten Wochen unseres Zusammenseins in Pubs so viel erzählt hast. Ja, ich werde bald vor unseren Chef treten und dem Katzengott aus erster Hand berichten, was für eine tolle Katze du bist. Ich werde dich nie vergessen, liebe Zaubermaus.
Und Paul, auch du bist mir ein guter Freund im Leben gewesen. Pass mir gut auf Zaubermaus auf.
Meine Katzenseele hat jetzt endlich Ruhe gefunden, ebenso wie die von meinen Herrchen. Eines Tages werden wir uns alle sicherlich wiedersehen.

Euer Lutz

Paul und ich flennten wie zwei verlassene Kinder. Und so fühlten wir uns tatsächlich. Gut war nur, dass wir uns hatten und uns gegenseitig Trost spenden konnten.

Als wir uns halbwegs beruhigt hatten, sah ich noch einmal auf den Briefumschlag und entdeckte eine Adresse, die ich nicht kannte. So beschlossen Paul und ich, zu der besagten Adresse zu fahren. Wir kamen an einem kleinen Friedhof an, der etwas außerhalb von Pubs lag. Wir stiegen aus und sahen schon von

Weitem einen großen neuen Grabstein, auf dem Lutz und sein Herrchen zusammen zu sehen waren. Auf dem Grabstein gab es auch eine Inschrift:

Hier ruhen zwei Freunde, die getrennt und wieder vereint wurden. Wir werden euch nie vergessen!

Paul und ich mussten wieder weinen, waren aber auch froh, dass die zwei nun ihren Frieden gefunden hatten und wieder vereint waren.

17

Nun ja, nachdem wir mit großer Trauer den Ort Pups das zweite Mal verlassen hatten, machten wir uns in Richtung Norden auf den Weg. Paul war während der Fahrt sehr still. Ich fragte ihn, ob alles okay sei. Er schaute mich an und hatte kleine Tränen in den Augen. „Warum gibt es immer wieder auch so traurige Momente in unseren Aufträgen, Zaubermaus?"

„Nun Paul, daran können wir zwei leider nichts ändern. Wir können nur versuchen, den Menschen, so gut es geht, zu helfen. Wenn sie unsere Hilfe nicht annehmen wollen oder aus irgendwelchen Gründen nicht annehmen könne, dann liegt alles andere nicht in unserer Macht. Aber ich bin mir sicher, dass wir Lutz eines Tages wiedertreffen werden. Ich habe das irgendwie im Gefühl. Nicht umsonst hat uns der Boss ein zweites Mal nach Pubs geschickt. Aber lass uns jetzt mal wieder positiv denken", sagte ich zu ihm.

Plötzlich hörten wir einen dumpfen Knall, so, als ob an unserem Auto ein Reifen geplatzte wäre. Paul wurde schneeweiß im Gesicht, er hatte sich tierisch erschrocken. Ich konnte unseren Wagen gerade noch unter Kontrolle bringen, bevor er kurz vor einer Klippe stehen blieb. Puh, das war knapp gewesen. Zwei Meter weiter und unser Ende wäre gekommen.

„Zaubermaus, da hast du gut reagiert! Ich hab uns schon irgendwo liegen sehen!", rief Paul voller Erleichterung. Als Paul die Autotür öffnen wollte, um zu sehen, was passiert war, hörten wir einen dumpfen Schuss. Schoss da etwa jemand auf uns? Na, das konnte ja heiter werden. Das einzig Gute war, dass wir unsere Trauer um Lutz und sein Herrchen für den Moment vergaßen.

„Und was machen wir jetzt, Zaubermaus? Wenn wir aussteigen, werden wir sicher abgeknallt. Wir sitzen hier wie auf einem Präsentierteller", hörte ich Paul besorgt sagen.

„Ich weiß, Paul. Wir müssen warten, bis es dunkel wird. Im Augenblick weiß ich auch nicht weiter!", entgegnete ich.

„Paul, am besten du bleibst brav sitzen und ich schau mal, was mit unserem Auto ist, okay?"

„Ja, Zaubermaus, gute Idee, aber pass bitte auf dich auf", erwiderte er.

Ich öffnete die Tür, um zu sehen, was genau passiert war. Dann sah ich den zerschossenen Reifen und gleich darauf einen kleinen roten Punkt auf meinem Bauch. Da zielte doch tatsächlich einer mit einem Gewehr auf mich und mir blieb nichts anderes, als zu hoffen, dass mir derjenige jetzt nicht ein Loch in meinen Pelz brennen würde. Vorsichtig sprang ich wieder ins Auto.

„Und wie schaut es aus, Zaubermaus?"

„Ein Reifen ist zerschossen, Paul!", antwortete ich. „Außerdem sitzt doch draußen irgendjemand, der mit einem Gewehr auf mich gezielt hat."

Paul wurde noch bleicher. „Und nun?", fragte er. „Sollen wir uns hier einfach so abknallen lassen?"

„Paul, Nerven behalten und abwarten", antwortete ich, so ruhig ich konnte, denn auch ich hatte keinen Plan, wie es weitergehen sollte.

„Ja, ja, ist gut, Zaubermaus, bin ja schon still."

Doch die Stille wurde nach kurzer Zeit schon wieder durch einen Schrei von Paul durchdrungen. „Hast du das gerade gesehen?", rief er entsetzt.

„Was soll ich gesehen haben?", fragte ich ihn verwundert.

„Na den Typen, der da um unser Auto schleicht."

Ich hatte nichts gesehen.

„Das müssen sogar zwei sein, Zaubermaus!", schrie Paul weiter. Und dann fast panisch: „Zaubermaus, da kommt was Großes auf uns zu."

„Man, Paul, kannst du noch was anderes, als nur laut zu schreien? Ich sehe, dass was auf uns zukommt. Aber das hilft und jetzt nicht weiter. Wenn ich sage *Türen auf und springen*, dann springen wir, hast du das verstanden?"

Paul schwitze und nickte nur. Ich rief: „1, 2, 3, Türen auf und jetzt raus, Paul!“

Mit einer Rolle aus dem Auto waren wir zwei gerade mal noch davon gekommen. Wir beobachteten nur noch, wie unser Wagen den Abgrund hinunterfiel.

„Du, Zaubermaus, schau mal was du anhast!“ Erst jetzt sah ich zu Paul. Wir sahen aus wie Zebras, aber das waren wir nicht. Wir waren Häftlinge in Häftlingskleidung. Paul musste kurz lachen und sagte: „Auch nicht schlecht. Wir werden jetzt gejagt, Zaubermaus!“

Nur blöd, dass wir nicht nur Häftlinge in Häftlingskleidung waren, sondern zu allem Überfluss auch noch zusammengekettet waren, was unsere Lage nun auch nicht einfacher machte. Wir versuchten, uns durch das dichte Gebüsch davonzumachen, was leider nicht so einfach war. Schließlich hatte ich Paul sehr dicht und eng neben mir. Ich zog Paul nun halb hinter mir her. Er machte aber auch keine Anstalten, ein wenig schneller zu laufen. Vielleicht sollte ich ihn mal daran erinnern, dass wir von Unbekannten verfolgt wurden, die uns an den Kragen gehen wollen. Auch wenn wir diese seit unserem beherzten Sprung aus dem Auto nicht mehr gesehen hatten, hieß das noch lange nicht, dass sie nicht noch hinter uns her waren. Wir schlugen uns noch eine Zeit durchs Dickicht, bis wir an eine Straße kamen.

Plötzlich schrie Paul „Zaubermaus, das sind wir zwei!“ Und zeigte dabei auf eine Plakatwand auf der anderen Straßenseite.

Gesucht wegen Mordes an zwei Familien, stand darauf und darunter: *Eine saftige Belohnung von 2.5 Mio. Euro wartet auf den, der die Flüchtigen ergreift.*

Paul stotterte: „W...w...wir sind doch keine Mörder?“, und klang dabei tatsächlich sehr verzweifelt.

„Nun schau dich doch mal an, Paul. Sehen wir aus wie zwei gewöhnliche Menschen? Nein, also reiß dich zusammen und lass uns die Sachen hier endlich loswerden? Nun weißt du wenigstens, warum schwer bewaffnete Männer hinter uns her waren und wir aussehen wie Zebras!“

Paul rief: „Da, Zaubermaus, ich sehe eine Scheune!“

Wir schlichen uns hinein, verschnauften einen Moment und fanden ein Werkzeug, mit wir uns endlich von den Ketten befreien konnten. Das war ein gutes Gefühl!

Plötzlich hörte ich ein leises Klicken, Paul und ich drehten uns um und schauten in den sehr langen Lauf einer Schrotflinte. Ein etwas älterer Mann schrie uns an: „Was sucht ihr hier auf meinem Grundstück? Und wer seid ihr? Ihr seid doch nicht etwa diese Mörder, die gesucht werden?“

„Wenn Sie uns gestatten, die Hände wieder runterzunehmen, dann können wir uns auch besser unterhalten“, versuchte ich, den Mann zu beruhigen.

„Nun gut, aber schön langsam, okay? So, und nun raus mit der Sprache, wer seid ihr und woher kommt ihr?“, fragte der Mann mit lauter Stimme.

„Also mein Name ist Zaubermaus und der vollkommen Aufgeregte neben mir ist Paul. Auch wenn wir aussehen wie Geflohene, sind wir keine Verbrecher und vor allem keine Mörder! Und wer ist der kleine Junge neben Ihnen?“, fragte ich auf das Kind blickend.

„Das ist mein Enkel Tim. Und ich bin Fritz. Mein Enkel sagte mir gerade, ihr seid keine Menschen, denn er sieht Sachen, die ich meist nicht begreife.“

„Ja, Fritz, diese Gabe haben nicht alle, aber dein Enkel schon. Er wird es im Leben weit bringen!“, versicherte ich ihm. Und um ihm zu zeigen, dass ich ihm unser Leben anvertrauen würde, verwandelte ich mich vor seinen Augen in eine Katze. Aber nur ganz kurz.

Der alte Herr nickte seinem Enkel zu, ihm war der Mund offen stehen geblieben, doch nur glaubte er uns wohl, dass wir – trotz dieser merkwürdigen Kleidung – nicht die gesuchten Mörder waren.

„Du, Opa, erzähl ihnen doch von den Männern im Keller, die wir seit ein paar Stunden da unten haben!“, warf auf einmal der kleine Tim ein. “

„Nun ja, wir haben sie schon seit heute Vormittag hier! Sie wollten uns beklauen und bedroht haben sie uns auch!“, erklärte der ältere Herr daraufhin.

„Und wie habt ihr sie überrumpelt?“, fragte Paul.

„Das war Ben!“, rief der kleine Junge.

„Wer ist Benn?“, frage ich nun.

„Unser Haustier!“

Plötzlich hörten wir ein lautes Brummen. Oh mein Gott, es war ein Braunbär. „Er ist bestimmt drei Meter groß und wir haben ihn von klein auf. Wir haben ihn großgezogen, er beschützt uns jetzt schon seit fünf Jahren“, erklärte der Junge.

Paul war unterdessen wie gewohnt hinter meinen Rücken verschwunden – der Bär flößte ihm gehörigen Respekt ein. Ich war da schon etwas mutiger, aber ganz wohl war auch mir bei der Sache nicht, als Ben an mir schnupperte und mit seiner rauen Zunge über meine Hand schleckte.

Tim und sein Opa führten sie uns den Männern in seinem Keller. Er hatte sie bislang noch nicht der Polizei übergeben, weil er sich so sehr vor ihnen gefürchtet und um das Leben seines Enkels gebangt hatte. Als ich jetzt die Tür zum Keller vorsichtig öffnete, man wusste ja nie, was einen erwartete, winselten die zwei Schwerverbrecher wie kleine Kinder. Und bei genauerem Hinsehen erkannten wir alles sofort, dass sie tatsächlich eine gewissen Ähnlich mit Paul und mir in unserem jetzigen Erscheinungsbild hatten.

Obwohl die beiden gesuchte Mörder waren, zitterten sie bei unserem Anblick wie Espenlaub. Und fragten immer wie von Sinnen: „Wo ist er? Wo ist der Bär? Wo ist der? Der Bär?“

Nun, Ben musste den beiden einen ziemlichen Schock versetzt haben.

„Ihr wisst schon, dass es für die beiden viel Geld gibt?“, sagte Fritz und unterbrach das ewig gleiche Gestammel der Gefangenen.

„Ja, das wissen wir. Aber das Geld gehört euch. Beziehungsweise eurem Bären. Legt es gut an und kauft euch ein schönes

Stück Land, wo der Braunbär in Ruhe und Frieden leben kann. Hier bei euch im Haus, das ist nichts für so ein freiheitsliebendes Tier", antwortete ich.

Bevor wir die Polizei riefen, gab Fritz Paul und mir noch neue Kleidung, sodass wir endlich wieder ganz normal aussahen. Als die Beamten anrückten, fragten sie, wie wir denn zu den zwei Männern im Keller gekommen wären.

Fritz antwortete: „Wenn ihr die beiden da meint?", und zeigte auf die noch immer geschockten Verbrecher. „Unser Haustier hatte sie fest im Griff, als sie uns ausrauben wollten." Dass ihr Haustier ein Bär war, verriet er jedoch nicht.

Wir konnten die Mörder nun also endlich der Polizei übergeben. Und es stellte sich schon bald heraus, dass sie wirklich Mörder waren. Für Paul und mich jedoch war sehr erleichternd, dass für uns zwei alles noch mal gut ausgegangen war. Wie leicht man doch unter einen falschen Verdacht geraten konnte.

Fritz und sein Enkel kauften einen großen Wald von der Belohnung, die sich wegen der Ergreifung der beiden Männer in ihrem Keller erhalten hatten. Dort lebte Ben von nun an glücklich und zufrieden ein schönes Bärenleben.

Wir aber machten uns erneut auf Weg.

18

Endlich konnten wir zwei unsere Reise auf Erden fortsetzen. Und weil wir auch mal Glück hatten, schenkte man uns ein neues Auto, sodass wir unbeschwert weiterfahren konnten. Wir genossen die ruhige Fahrt, Paul schlief ein wenig und schnarchte wie gewohnt sehr laut. Doch dann schaute ich für einen kurzen Moment nach rechts und sah ein Rudel Wölfe. Die Tiere liefen sehr eng nebeneinander her, als ob sie irgendwas beschützen wollten. Nun, ich dachte mir nichts dabei und hielt am Straßenrand an. Schließlich sah mit nicht jeden Tag ein Rudel Wölfe.

Das Auto ruckelte beim Bremsen so stark, dass Paul schlagartig wach wurde. „Ist was, Zaubermaus?“, fragte er mich mit verschlafenem Blick.

„Schau mal, Paul, siehst du das?“

„Was?“, erwiderte er verträumt.

„Na dort hinten, das Rudel Wölfe? Es sieht aus, als ob ein Kind mitten unter ihnen läuft. Er verhält sich wie die Wölfe, er läuft auf allen vier und die Wölfe beschnuppern und lecken es sauber!“

Paul war irritiert: „Jetzt geht wohl deine Fantasie mit dir durch, Zaubermaus, oder was. Ich hab so etwas noch nie gesehen. Das gibt es doch nur in der Sagenwelt. Wie hießen die zwei noch, die von einer Wölfin aufgezogen worden waren? ... Ach ja, Romulus und Remus. Waren das nicht die Begründer der Stadt Rom?“

Doch ich wollte mich nicht geschlagen geben, ich hatte schließlich gesunde Augen im Kopf. „Vielleicht haben die Wölfe dieses Kind gefunden oder es gab ein Unglück und die Wölfe haben sich dem Kind angekommen und es großgezogen. Warum soll sich die Geschichte nicht wiederholen können?“

Wir waren neugierig und folgten dem Rudel, in der Hoffnung, dass sie uns nicht bemerken würden. Leider mussten wir unser Auto irgendwann abstellen und zu Fuß weitergehen. Dass uns beiden dabei nicht ganz wohl war, kann man sich ja sicher vorstellen. Wer mochte sich schon freiwillig in der Nähe von Wölfen aufhalten? Gab es doch viel zu viele schaurige Märchen über diese Grauröcke. Wir wussten ja auch nicht, was auf uns zukommen würde, wenn sie uns bemerken würden, man sollte Tiere bekanntlich nie unterschätzen. Wir liefen schon einige Zeit, da bemerkten wir, dass einer der Wölfe fehlte – es war ein schwarzer Wolf, der nicht mehr zu sehen war. Wo war er auf einmal hin? Wir folgten dem Rudel trotzdem weiter. Wir beobachteten, wie die Wölfe Richtung Berge liefen. Auf einmal hörten wir ein ziemlich lautes Knurren hinter uns. Vorsichtig drehten wir uns um und sahen in blutrote Wolfsaugen. Große Zähne fletschen uns an.

„Paul, jetzt beweg dich bloß nicht und vor allem behalt deine Nerven, okay?", versuchte ich, meinen Freund zu beruhigen. Ich wusste ja nur zu gut, wie schnell Paul in Rage geraten konnte.

Der schwarze Wolf schlich einige Male um uns herum. Dabei schnüffelte er immer wieder aufmerksam an uns. Plötzlich ertönte eine raue Stimme: „Wer seid ihr und warum verfolgt ihr uns auf Schritt und Tritt?"

„Ich bin Zaubermaus und der Kleine hier ist Paul. Wir haben euch zufällig gesehen und bemerkten, dass euer Rudel ein kleines Kind beschützt. Und da wir zwei neugierig sind, dachten wir, vielleicht könnt ihr unsere Hilfe gebrauchen?"

Der schwarze Wolf knurrte erneut: „Wenn ihr zwei mich reinlegen wollt, dann ..." Er stutzte. „Moment mal, wieso könnt ihr mich reden hören und ich euch?", fragte er verblüfft.

„Das ist eines unsere Talente, die wir als Engel auf Erden haben." Und weil wir auch mit ihm kein falsches Spiel treiben wollten, verwandelten wir uns vor seinen Augen in Katze und Maus. Das war die richtige Geste gewesen, denn langsam bekam der Rudelführer Vertrauen in uns und wir durften mit zu den anderen Wölfen.

Als wir sie endlich alle sahen, schauten sie uns so an, als ob wir jetzt als Hauptgang serviert werden sollten. Was zum Glück nicht passierte, denn der schwarze Wolf stelle uns gleich als Engel auf Erden vor.

Und dann geschah genau das, was ich schon von Anfang an vermutet hatte: Wir sahen wir einen kleinen Menschenjungen mit langen schwarzen Haaren, der sich genauso benahm wie ein Wolf. Keiner durfte ihm zu nahe kommen oder ihn gar anfassen, bevor es der Rudelführer nicht erlaubte. Die Augen des Kindes sahen traurig aus. Was war nur geschehen mit dem kleinen Wesen? Wie konnte ein Kind solche Traurigkeit ausstrahlen? Kinder sollten doch immer nur eine glückliche Kindheit haben. Und wie konnte es nur dazu kommen, dass er nun zu den Wölfen gehört? Für Paul und mich war alles noch ein Rätsel. Doch dann hörten wir ein anderes Geräusch und das hörte sich gar nicht gut an. Lautes Gejaule!

„Das bedeutete, wir müssen hier weg, und zwar schnell!", rief der Anführer. Eines seiner Rudeltiere nahm den kleinen Jungen auf den Rücken und rannte mit ihm davon. Die anderen versteckten sich. Uns blieb ja auch nichts anders übrig, als uns zu ebenfalls zu verstecken. Dann sahen wir auch schon, welche für eine Bedrohung auf uns zukam. Das, was wir nun sahen, trieb mir selbst Angstschweiß ins Gesicht!

Es waren riesige Hyänen, die anscheinend seit Wochen hinter dem Wolfsrudel her waren. Sie waren hungrig und sahen auch nicht sehr freundlich aus. Sie fletschten die Zähne und sie rochen wie Abfall aus ihren Mäulern. Das konnten wir bis in unser Versteck riechen. Es schien, als ob sie uns umkreisen wollten. Sie heulten so laut, dass wir uns die Ohren zuhalten mussten. Doch dann kam eine Hyäne auf uns zu, sie hatte die doppelte Größe der anderen. Einige Wölfe hatten große Angst und wussten nicht so recht, was sie tun sollen. Ich aber fasste allen Mut zusammen, lief auf die Hyäne zu und sah ihr genau in die Augen. Sie schnaufte und sabberte.

Dann fragte sie mit wütender Stimme: „Wer bist du, der uns hier den Weg versperrst? Lass uns zum Menschenkind! Wir machen es auch schmerzlos!"

Ich sagte nur, ich Zaubermaus sei und die Aufgabe habe, das Kind zu beschützen. „Ich würde dir jetzt vorschlagen, umzudrehen, bevor es hier noch Verletzte gibt, okay!", rief ich noch.

„Gib uns endlich das Menschenkind!", fauchte die Hyäne nun noch wütender zurück.

„Ich verrate dir jetzt mal was: Während du ihr rumstehst, ist das Kind schon über alle Berge. Und nun drehst du dich um und verschwinde mit deinem Rudel!"

„Nun gut, wir gehen! Aber wir sehen uns wieder!" Mein Gegenüber fletschte die Zähne, drehte sich dann aber um und lief davon.

Als die Tiere außer Sichtweite waren, machte ich mich mit den Wölfen auf den Weg. Wir mussten den Wolf mit dem Kind auf dem Rücken einholen. Nach gut einer Stunde fanden wir endlich die beiden. Sie spielten zusammen, es war ein schönes Bild zu sehen, wie sich Tier und Mensch vertragen konnten. Ob die Wölfe ahnten, dass eine Trennung bevorstand? Schließlich konnte der kleine Mann ja nicht ewig bei ihnen bleiben.

Nichts anderes, als das Kind zurück in die Menschenwelt zu bringen, konnte hier unsere Aufgabe sein. Schon bald entdeckten wir, dass wir nicht in einem unbesiedelten Gebiet gelandet waren, und Paul hatte herausgefunden, dass hier nette Menschen lebten, die so aussehen würden, als würden sie das kleine Menschenkind bei sich aufnehmen.

„Schau mal dort drüben der Wasserfall, Zaubermaus. Da steht ein kleines Mädchen, das genauso alt ist wie der Junge", meinte Paul und ich drehte mich um. Dann sahen wir, wie der schwarze Leitwolf dem kleinen Jungen einen Schubs gab, sodass er direkt in die Arme des kleinen Mädchens fiel. Beide schauten sich erst mal ganz erstaunt an, fast so, als ob sie sich schon lange kennen würden. Schon kurze Zeit später spielten sie gemeinsam unter dem Wasserfall.

Die Wölfe schauten zu und man spürte, dass sie glücklich waren, aber irgendwie waren sie auch beunruhigt. Und tatsächlich. Unser Gefühl sollte uns nicht täuschen! Sämtlich Wölfe zogen auf einmal einen riesigen Kreis um die Kinder herum, um sie zu schützen, denn eine riesige Herde von Hyänen stürmten heran und zu unserem Bedauern waren sie auch noch in der Überzahl. Doch dann passierte das Unglaubliche. Wir sahen Feuerpfeile über unsere Köpfe hinwegfliegen.

Ich drehte mich um und sah die Menschen des kleinen Dorfes, das sich in der Nähe des Wasserfalls befand, auf uns zu kommen. Sollten wir wegrennen oder bleiben? Wir beschlossen, zu bleiben. Auch die Wölfe blieben. Zu unserem Erstaunen rannten die Menschen an uns vorbei, so als ob wir Luft für sie wären.

Für die Hyänen sollte es allerdings schlecht ausgehen. Einige von ihnen wurden von den Pfeilen getroffen und der Rest rannte, so schnell er konnte, vor den Männern und Frauen davon. Den Anführer der Hyäne hatten sie gefangen genommen. Mit geknicktem Schwanz lief er an uns vorbei.

Paul flüsterte mir zu: „Was machen sie jetzt mit ihm?"

„Keine Ahnung, Paul. Aber das Wichtigste ist, dass der Menschenjunge nun ein Zuhause hat", antwortete ich bloß.

Wir warteten, bis es Nacht wurde. Dann fragte mich der schwarze Wolf, warum wir denn noch hier seien. Ich antwortete: „Paul und ich haben beschlossen, heute Nacht die gefangene Hyäne zu befreien. Wenn sie uns verspricht, sich zu bessern, lassen wir sie frei. Denn kein Tier hat verdient, in Gefangenschaft zu leben. Vielleicht lernt sie aus dem Ganzen und wird sich besser", entgegnete ich.

In der Nacht lief alles nach Plan und wir konnten die Hyäne tatsächlich befreien. Sie fragte mich, warum ich das tat.

„Ich weiß, dass in dir auch etwas Gutes schlummert. Hab einfach ein Auge auf das Menschenkind und tu ihm nichts, okay?"

Die Hyäne gab mir ihr Versprechen und bedankte sich von Herzen, dass sie wieder frei sein durfte.

Für das Menschenkind begann ein neues Leben. Es lebte sich in der Dorfgemeinschaft sehr gut ein, ab und zu schauten die Wölfe vorbei, um zu sehen, ob alles okay war. Warum sie das Kind aufgezogen hatten, erfuhren Paul und ich leider nicht. Aber manchmal war es auch gut, nicht jedes Geheimnis zu kennen. Paul und ich hatten auch so unsere Aufgabe erfüllt und konnten unseres Weges ziehen – neugierig auf das, was noch vor uns lag.

19

Meinen nächsten Auftrag musste ich wieder einmal alleine ausführen, denn Paul hatte sich entschuldigt – er musste für einige Zeit die Erde verlassen, um seinem Vater, dem Teufel, zur Seite zu stehen. Das kam nicht sehr oft vor, sodass er nicht hatte Nein sagen können. Irgendwie war ich schon ein wenig traurig darüber, denn mit Paul an meiner Seite ließ sich mancher Job viel einfacher erledigen. Aber ich musste nun einen klaren Kopf haben und konnte hier nicht rumjammern.

Ich lief also ganz entspannt auf einer riesigen Mauer entlang, die war wirklich hoch. Mein Blick ging in die Tiefe und da wurde selbst mir ganz schlecht. Wow, gewaltig.

Plötzlich rief eine energische Stimme: „Hey, Domino!"

Na toll, ein besserer Name als Domino war meinem Boss dort oben wohl nicht eingefallen.

Dann rief der Typ: „Domino, ist alles okay mit dem Staudamm? Irgendetwas gefunden? Risse oder Löcher vielleicht? Du weißt, unser Job ist es, zu schauen, ob alles okay ist."

Ich rief nur zurück: „Alles okay, nichts gefunden."

„Gut, dann komm rein, Kaffee trinken."

Nun ja, das ließ ich mir nicht zweimal sagen. Ich ging zum Aufenthaltsraum, in dem mein Kollege schon auf mich wartete. Auf seinem Namensschild stand *Professor Martin*. Er erzählte mir, dass die Behörde mehr Wasser in den Staudamm reinpumpen wolle, obwohl er laut Berechnungen nicht dafür gemacht war und es vermutlich nicht aushalten würde. Der Staudamm war für so eine riesige Menge Wasser nicht gebaut worden.

Auf der anderen Seite des Staudamms lag eine kleine Stadt. Martin wollte noch heute zum Bürgermeister und ihm das weitere Aufstauen ausreden. Laut Gutachten, welches Martin abgegeben hatte, stand eigentlich genau fest, was er schon immer gesagt hatte: Der Staudamm musste verstärkt werden, wollte man ein großes Unglück verhindern, das sich zwangsläufig über kurz oder lang ereignen würde, wenn man das Bauwerk mit mehr Wasser belasten würde. Er erzählte mir auch, dass der Bürgermeister ein neues Gutachten vorliegen habe und er ihm heute zeigen wollte.

Nach unserer Kaffeepause gingen Professor Martin und ich zum Bürgermeister, um die Neuigkeiten zu erfahren. Der Bürgermeister wartete schon auf uns und stellte gleich klar, dass das Gutachten, welches er habe, Hand und Fuß habe und das Gutachten vom Professor nicht stimme. Er bestand darauf, dass wir den Staudamm sofort füllen sollten, doch der Professor betonte, dass dies nicht möglich sei, da der Staudamm instabil sei und bei mehr Wasser die Stadt in Gefahr bringen würde.

Ich mischte mich in das Gespräch ein und anhand eines Modells versuchte ich, dem Bürgermeister zu erklären, was passieren würde, wenn der Staudamm die Wassermasse nicht halten konnte.

Doch dem Bürgermeister war es egal. Er verlangte, dass seine Anweisungen durchgeführt wurden. „Wir brauchen mehr Wasser, um Strom zu erzeugen“, sagte er.

Ich fiel dem Bürgermeister wieder ins Wort und sagte ihm, dass er durch seine Sturheit Menschenleben in Gefahr bringen würde, doch davon wollte er nichts wissen.

„So, ihr zwei seid gefeuert! Raus mit euch!“, rief der Bürgermeister ganz außer sich.

Wir waren sprachlos. Ich drehte mich noch einmal um und sagte: „Tun Sie nichts, was Sie später bereuen könnten!“

Der Bürgermeister schrie nur: „Raus mit euch!“

Uns blieb also leider nichts anderes übrig, als zu gehen. Ich spürte, dass es bald zu einer Katastrophe kommen würde. Es gab nur eine Möglichkeit – ich musste ins Hauptgebäude zur Feuerwehr, um von dort die Katastrophensirenen auszulösen.

Nur der Professor war davon nicht so begeistert. „Was ist, wenn ich mich getäuscht habe und der Bürgermeister recht hat“, meinte er ein wenig verzweifelt. „Was, wenn meine Berechnungen nicht stimmen?" Er bat mich, doch etwas zu warten. „Bitte nur einen Tag, Domino, mehr verlange ich nicht."

Obwohl ich dagegen war, gab ich uns die Zeit, um abzuwarten. Doch leider kam es ganz anders, als ich erwartet hatte. Mitten in der Nacht gingen die Sirenen los und wir hörten eine Durchsage: „Bitte verlassen Sie umgehend die Gebäude und begeben Sie sich, so schnell es geht, ins Hochland!"

Oh mein Gott, ich hatte recht gehabt! Ich musste, so schnell es ging, zum Staudamm, um zu sehen, was los war noch, und um herauszufinden, ob noch etwas zu retten war. Die einzige Chance, die ich hatte, den Druck vom Staudamm zu nehmen, war, das Wasser, welches zu viel war, in den nahe gelegenen See zu pumpen. Der Professor begleitete mich.

Als wir an der Staumauer ankamen, sahen wir, dass sie bereits erste große Risse aufwies. Es konnte nicht mehr lange dauern, bis sie endgültig zerbarst.

Neben dem Bürgermeister stand ein Typ, den ich nicht kannte. Bald stellte sich heraus, dass er der Gegengutachter war, der dem Bürgermeister ein Gefälligkeitsgutachten geschrieben hatte. „Ich sollte das Gutachten so schreiben, dass alles okay sei, aber darüber reden wir später, wir müssen jetzt erst einmal die Stadt retten!", erklärte er mir sichtlich aufgelöst.

Die Sirenen ertönten erneut. Plötzlich gab es ein leichtes Beben und der Staudamm bekam weitere Risse. Wasser schoss in Fontänen aus diesen Rissen. Ich musste, so schnell es ging, runter in die Sohle der Staumauer, denn nur von dort konnte ich dem Staudamm den Druck nehmen. Ich konnte nur hoffen, dass ich es noch rechtzeitig schaffen würde. Nicht auszudenken, was passieren würde, wenn die Staumauer gesamt zusammenbrechen würde. Tausende Tote waren zu befürchten.

Doch ich bekam die Kellertür nicht auf. Sie war von innen verschlossen. Ich hörte nur aber Stimme: „Domino, bringe dich schnell in Sicherheit. Ich werde jetzt das Rohr öffnen. Geh, los, verschwinde! Es wird gleich eine riesige Druckwelle hier losgehen!"

„Oh nein, Professor, was tun Sie da?“, rief ich erschrocken.

„Los, verschwinde, bring dich in Sicherheit! Los, geh!“, rief der Professor mir erneut zu.

Ich konnte den Professor doch dort nicht allein lassen. Doch noch bevor ich überhaupt nachdenken konnte, passierte es: Das ganze Gebäude zuckte und wackelte. Ich riss die riesige Stahltür mit meinen ganzen Kräften auf, die ich gebündelt hatte, und zog den Professor in letzter Sekunde raus. Mit letzter Kraft konnten wir zwei uns auf einen hohen Hügel in der Nähe retten, wo das Wasser nicht hinkam. Der Staudamm brach trotz Druckabbaus vollkommen auseinander. Wir hatten versagt.

Ich konnte nur hoffen, dass sich die Menschen in der Stadt noch rechtzeitig hatten retten können. Innerhalb von Sekunden stand die ganze Stadt unter Wasser. Es dauerte Stunden, bis sich die Lage entspannte. Über uns kreisten Rettungshubschrauber. Einer von ihnen sammelte uns ein und flog uns Richtung Stadt.

Der Professor sagte mir: „Ohne dich wär ich jetzt tot, du hast dein Leben für mich aufs Spiel gesetzt. Wer bist du wirklich?“

Nun ja ich war ehrlich und sagte: „Ich bin ein Engel.“

Er lachte und streichelte mir über das Gesicht. „Klar, Domino, und ich bin der Weihnachtsmann.“

Na ja, wenn er mir nicht glauben wollte, ich hatte ihm zumindest die Wahrheit gesagt.

Als wir in der Stadt ankamen, sahen wir das verheerende Ausmaß dieser Katastrophe. Die meisten Gebäude waren zerstört. Doch wider Erwarten war niemand verletzt worden. Und das hatte einen ganz besonderen Grund: Paul, ja, mein Freund Paul, hatte die Bewohner gewarnt. Er war zwar kurz bei seinem Vater gewesen, der aber hatte ihm mitgeteilt, was bald passieren würde, und so hatte Paul ihn mir nichts, dir nichts verlassen und war zur Erde zurückgekehrt. Als Pfarrer hatte er sehr schnell die Bevölkerung davon überzeugen können, dass eine wahre Apokalypse bevorstand. Paul und Pfarrer – schon alleine bei dem Gedanken daran musste ich lauthals lachen. Er, der Sohn des Teufels, in dieser Rolle, kaum zu glauben.

Aber all das war nun unwichtig. Es war niemand zu Schaden gekommen und Häuser konnte man wieder aufbauen, das war das Wichtigste.

Ich aber hatte noch eine ganz besondere Sache zu erledigen: Den Bürgermeister dingfest machen. Natürlich stritt er alles ab und wollte dem Professor und mir alles in die Schuhe schieben. Aber zum Glück hatte ich alle wichtigen Unterlagen noch rechtzeitig retten können. In den Unterlagen war ganz genau aufgezeichnet, dass der Staudamm seit Jahren eine Gefahr für die Stadt war und dringend repariert werden musste. Außerdem gab es noch den korrupten Gegengutachter, der sehr schnell sein Fehlverhalten auch vor den Behörden eingestand. Vielleicht hofft er auf eine milde Strafe. Ihr könnt euch vorstellen, dass nun trotz des Geständnisses die Handschellen klickten und der Bürgermeister ebenso abgeführt wurde wie sein Handlanger.

Zum Glück verschwand das Wasser nach einigen Wochen und die Stadt begann mit der Säuberung und den Reparaturarbeiten. Für Paul und mich war es an der Zeit, die Stadt zu verlassen. Ohne dass es einer merkte, verschwanden wir bei Nacht und Nebel ... ungesehen.

20

Wie das Leben so spielte, verschlug es Paul und mich kurz darauf wieder in eine kleine Stadt. Dieses Mal jedoch in unserer wahren Gestalt, wobei man auf der Erde unsere Engelsflügel natürlich nicht sehen konnte.

Dort, wo wir landeten, war es bitterkalt, Gott sei dank hatte ich rechtzeitig mein Winterfell bekommen. Ich sah ein kleines Haus mit Vorgarten. Davor tummelten sich einige Katzen und Hunde. Sie saßen ganz brav da. Ich wunderte mich, aber was ich dann sah, war nicht mehr so lustig. Aus dem Haus kam ein etwas älterer Mann mit weißem Bart und brüllte so laut, dass mir die Ohren klingelten. „Haut endlich ab, ihr Mistviecher! Ich hab nichts und es gibt nichts!“, schrie er in den Garten und warf mit Gegenständen nach den Tieren.

Na hallo, ging man so mit Tieren um? Erschrocken rannten die Kleinen weg, um nach ein paar Minuten wieder vor der Tür des alten Mannes zu sitzen. Ich fragte mich, warum sie wieder und wieder zum Haus zurückkamen, wenn sie doch offensichtlich nicht erwünscht waren? Sie mussten doch spüren, dass der alte Mann keine Tiere mochte. Um es genauer zu sagen: So etwas Herzloses wie diesen alten Sack hatten Paul und ich schon lange nicht mehr gesehen. Aber irgendwie musste ich rausfinden, warum er so zu den Tieren war.

Ich schlüpfte also in die Rolle des Hauseigentümers und bat Paul, weiterhin als Maus ein Auge auf die ganze Situation zu haben. Zu meinem Erstaunen saßen die Tiere noch immer vor dem Haus, als ich an der Eingangstür klingelte.

Nach ein paar Minuten öffnete sie sich. „Oh man, was wollen Sie den schon wieder von mir? Ich hab Ihnen schon mal gesagt, die Tiere gehören mir nicht, die sitzen seit Wochen hier rum! Ich hasse Tiere und hab auch kein Platz für Hunde oder Katzen!“

Und *zack* schmiss der Alte mir auch schon die Tür vor der Nase zu.

Ich wusste zuerst gar nicht, was ich dazu sagen sollte, denn die Tiere schienen den alten Mann ja zu mögen, aber er sie nicht. Die Frage stellte sich nur, warum das so war? Ich hörte mich ein wenig um. Viele der Nachbarn kannten den alten, sturen, herzlosen Mann, viele sagte, er hätte ein Herz aus Stein. Früher sei er aber nicht so gewesen, er hätte sich damals um jeden Einzelnen hier im Ort liebevoll gekümmert. Erst vor einigen Monaten hätte er sich so sehr verändert. Doch keiner wusste, warum. Die Tiere liebten ihn trotzdem. Anscheinend spürten sie, dass er innerlich immer noch ein guter Mensch war. Ich beschloss, noch mal zum Haus zurückzugehen, um mit dem alten Mann zu reden. Insgeheim bewunderte ich die Tiere, denn sie saßen immer noch vor dem Haus, obwohl er ständig versuchte, sie zu verjagen.

Ich klopfte erneut an die Tür.

„Sie schon wieder! Ich hab Ihnen doch gesagt, Sie sollen abhauen!"

Bevor er mir wieder die Tür vor der Nase zuknallen konnte, sagte ich: „Bitte, ich will ja nur mit Ihnen reden, mehr nicht. Lassen Sie mich rein?"

Obwohl er knurrte, ließ er mich endlich rein. Als er die Tür weit öffnete, rannten plötzlich alle Katzen und Hunde ins Haus hinein und legten sich ganz brav vor sein Sofa. Da sah ich, dass einige Tiere nicht ganz gesund waren. Doch das, was ich dann sah, wollte ich im ersten Augenblick nicht glauben. Obwohl der alte Mann stur und herzlos schien, musste er jedes kranke Tier nur streicheln und es ging ihm wieder gut. War es nur ein Zauber? Oder hatte er wirklich diese außergewöhnliche Gabe, Tiere zu retten? Langsam, aber sicher fing der Alte an, mir zu vertrauen. Ich war nun auch sehr neugierig und wollte wissen, wie er es schafft, den Tieren zu helfen. Nicht jeder habe diese Gabe, sagte ich ihm.

Dann erzählte er mir, dass er schon immer kranken Tieren helfen wollte, aber das Geld nie ausgereicht hätte, um den Tieren die Fürsorge zu geben, die sie brauchten. „Ich sah viele meiner Tiere sterben. Doch eines Tages ging ich einen Deal ein: Ich tauschte mein warmes Herz gegen ein kaltes Steinherz. Dafür konnte ich viele Tiere retten. Doch auch mein Inneres veränderte sich dadurch, ich wurde zornig und unglücklich. Ich wollte alle Tiere aus meinem Herzen verjagen. Ich zog mich zurück, nur die Tiere spürten noch, dass ich innerlich noch immer ein guter Mensch war, obwohl ich es gerade eigentlich nicht war", erklärte er mir darauf.

Ich konnte es nicht fassen. Er hat sein warmes Herz gegen ein kaltes Herz getauscht, nur um den Tieren helfen zu können. Wer würde so etwas tun? Nur einer, der Tiere wirklich liebte.

„Und es gibt keine Möglichkeit, dass du dein Herz wieder eintauschen kannst?", fragte ich ihn.

„So wie es aussieht, nein", meinte er darauf.

Irgendwie tat der alte Mann mir schon sehr leid. Aber ich musste mir schnell etwas einfallen lassen, denn so konnte er nicht weiterleben. Ich merkte, dass er in Selbstmitleid verfiel. Er bat mich, wieder zu gehen und die Tiere mitzunehmen. Zum Schluss sagte er mir nur: „Es gibt nur eine Lösung, mich vom Steinherz zu erlösen."

Noch bevor ich etwas dazu sagen konnte, fiel die Tür hinter mir ins Schloss, die Hunde fingen wild an zu bellen und die Katzen miauten so laut, dass ich mir die Ohren zuhalten musste. Dann begannen alle Tiere, dem alten Mann das Gesicht abzulecken. Die Wärme und die Liebe der Tiere waren grenzenlos. Und dann geschah es – ganz plötzlich. Ein steinernes Herz plumpste vor mir auf den Boden. Die Tiere hatten es mit ihrer Liebe geschafft, dem Mann sein altes Leben wiederzugeben. Alle waren glücklich. Ich rief Paul ins Haus und zeigte, ihm, was wahre Liebe alles erreichen konnte. Der Alte bedankte sich und lebte von nun an wieder in Eintracht mit sich selbst und seinen Nachbarn. Paul und ich konnten beruhigt unserer neuen Aufgabe entgegensehen.

21

Inzwischen lagen schon einige Monate hinter Paul und mir, die wir zusammen mit neuen Aufgaben auf der Erde verbracht hatten. Das schien auch unser Boss so zu sehen, denn er gönnte uns einen Urlaub – wie schön, endlich mal entspannen und den lieben Katzengott einen guten Mann sein lassen. Paul und ich freuten uns auf die versprochene Kreuzfahrt.

Wir machen uns also auf in den Hafen die *Robinson*, das zweitgrößte Luxusschiff der Welt, vor Anker liegen sollte. Ich war happy und Paul ging es nicht anders. Also stolzierten wir gemütlich über die Gangway auf das Luxusschiff, doch schon bald fragte ich mich, warum denn alle vor mir salutierten? Hatten die denn nicht gesehen, dass ich nur eine Katze war? Ich sah an mir herunter ... wusste es auch gleich, den ich sah einen jungen, hübschen Kapitän in Uniform. Na toll, da hatte ich mich wohl doch verhört. Wäre ja auch zu schön gewesen, einmal einen tollen Urlaub so ganz ohne Stress machen zu können. Wir waren also keine Passagiere, sondern Crew – ich der Kapitän und Paul mein 1. Offizier. Nun ja, jetzt waren wir hier, man konnte also nichts ändern. Immerhin hatten wir die Möglichkeit, über die Weltmeere zu schippern.

Ich gab also voller Stolz den Befehl, abzulegen. Ganz langsam verließen wir den Hafen. Das Luxusschiff war bis auf den letzten Platz ausgebucht und ich war sehr stolz darauf, das Kommando zu haben. Wir waren schon einige Zeit auf hoher See, als ich zum Käpt'ns Dinner lud. Natürlich saßen an meinem Tisch nicht nur reiche Männer, sondern auch viele schöne Frauen. Doch wenn ich gewusst hätte, dass das nur Frauen waren, die einen reichen Mann suchten, hätte ich sie nicht an meinen Tisch geladen. Mein Glück war, dass ich zur Brücke gerufen wurde. Ich entschuldigte mich und machte mich auf den Weg. Paul, mein 1. Offizier, war ganz schön aufgeregt. Er sagte: „Bitte schauen Sie auf den Radar. Vor uns zieht eine Sturmfront auf!"

Ich ordnete an, den Kurs zu ändern. Wir ließen uns doch von so einem kleinen Sturm die Urlaubslaune nicht versauen. Doch Paul hatte noch ein anderes kleines Problem. Er zeigte auf ein kleines Mädchen, welches verängstigt in einer Ecke auf der Brücke saß. Er sagte mir, er hätte die Kleine im Maschinenraum gefunden. Wahrlich – ein blinder Passagier auf meinem Schiff!

Ich schaute dem Kind in die Augen und fragte: „Woher kommst du?"

„Ich bin aus meinem Kinderheim abgehauen und suche meine Eltern", meinte das Mädchen schüchtern.

„Und nun glaubst du, sie seien hier?", fragte ich verdutzt.

„Ja, das glaub ich. Sie sollen mir ins Gesicht sagen, dass sie mich nicht mehr wollen!" Sie zeigte mir ein Foto ihrer Eltern.

„Wie heißt du?", fragte ich.

„Isabel", antwortete sie.

„Du weißt schon, dass ich dich unter Arrest setzen muss. Du bist ja ein blinder Passagier!", meinte ich zu ihr.

Da rief Paul: „Kapitän, bitte, das müssen Sie sehen!"

Ich schaute wieder auf das Radar. Und was ich dort sah, war nicht das, was ich sehen wollte. Ich ordnete noch mal eine Kursänderung an, ich wollte dem Unwetter ausweichen, schließlich hatte ich das Schiff voller Menschen und wollte jede Panik vermeiden.

Nun nahm ich mich wieder des kleinen Mädchens an. „Könntest du dir vorstellen, wo wir deine Eltern finden?"

Isabel antwortete nur: „Da müssen wir nicht lange suchen, die sitzen bestimmt an der Theke und besaufen sich wie immer bei einer Kreuzfahrt!"

Ich wollte gerade mit ihr nach unten an die Bar gehen, das holte mich Paul wieder an den Radarschirm.

„Lösen Sie den Alarm aus! Schnell!", rief ich, als ich sah, was sich da vor uns zusammengebraut hatte. Riesige Wellen türmten sich vor uns auf, so etwas hatte ich noch nie gesehen. Ich gab den

Befehl, dass alle Passagiere sich sofort einen sicheren Stand suchen und die Bordrestaurants verlassen sollten, um unverzüglich in ihre Kabinen zu begeben.

Ich presste Isabel ganz fest an mich. Wir wurden ganz schön durchgeschüttelt. Ich hörte, wie einige Passagiere schrien und um Hilfe riefen. Doch mir war es nicht möglich, die Brücke zu verlassen. Mit viel Kraft konnte ich das Schiff unter Kontrolle bekommen.

Der ganze Spuk war zum Glück schon nach kurzer Zeit vorbei und der Himmel erschien wieder vollkommen klar, als ob nichts gewesen wäre. Da hatte uns der Klabautermann ja einen schönen Streich gespielt. Das Schiff sah aus, als hätte eine Windhose gewütet. Soweit ich sehen konnte, waren alle Passagiere wohlauf und es waren nur ein paar Gläser und Teller zu Bruch gegangen.

In dem ganzen Durcheinander galt es nun, Isabels Eltern zu finden. Das war gar nicht so leicht, denn ich wusste nicht, in welcher Kabine sie untergebracht waren.

„Wir müssen nur ein wenig warten“, sagte das Mädchen, „dann sitzen sie sicherlich wieder an der Bar.“

Und richtig – in dem ganzen Chaos hatten es sich die beiden schon wieder mit einem Drink gemütlich gemacht.

„Denken Sie, man kann immer nur davonlaufen?“, sprach ich sie von hinten an.

Sie drehten sich zu mir um und lachten nur. „Ist was passiert?“, kam als freche Antwort zurück. Dann sahen sie ihre Tochter.

„Du solltest doch in der Kabine auf uns warten“, rief Isabels Mutter.

„Sie wissen, dass Ihre Tochter an Bord ist?“, fragte ich erstaunt.

„Warum sollten wir das nicht wissen?“, entgegnete der Vater. „Sie ist ja mit uns an Bord gegangen.“

Ich sah Isabel an. Und mir schwante etwas. „Du bist gar nicht aus dem Waisenhaus abgehauen, oder?“, fragte ich sie ruhig.

Die Kleine wurde rot. „Nein, bin ich nicht. Ich bin mit meinen Eltern auf das Schiff gekommen.“

Isabels Mutter lachte laut auf: „Hat sie Ihnen wieder eins von ihren Märchen erzählt? Meine Tochter hat eine blühende Fantasie, müssen Sie wissen."

Doch ich spürte, dass da mehr hinter steckte als nur eine blühende Fantasie. Ich sah Isabel streng an. „Mädchen, du kannst mir doch nicht erzählen, deine Eltern hätten dich verlassen. Ich habe mir Sorgen gemacht."

Isabel fing an zu weinen. „Aber ... aber", stammelte sie, „Mama und Papa haben nie Zeit für mich. Und ich dachte, wenn ich dir sage, ich sei ein blinder Passagier, dass du dich um mich kümmern würdest. Ich habe doch sonst niemanden, der sich für mich interessiert."

Ich konnte die Verzweiflung des Kindes deutlich spüren. Ja, das, was Isabel sagte, hatte sicherlich eine Berechtigung. Ich warf einen Blick auf ihre Eltern, die jetzt doch ein wenig erschrocken aussahen. Dann sagte ich: „Ich weiß, aber deine Liebe zu ihnen wird Ihnen die Kraft geben, sich zu ändern. Geh zu deinen Eltern und rede mit ihnen. Sag ihnen, was dich stört, lass alles raus. Ich verspreche dir, dass sie alles verstehen werden." Dann blickte ich wieder zu Isabels Eltern, die offensichtlich in diesem Moment begriffen hatten, wie wertvoll es war, Familie zu sein ... und ein gesundes Kind zu haben. Sie versprachen noch an Ort und Stelle, sich zu ändern und Isabel nie wieder allein zu lassen. Als das kleine Mädchen das hörte, gab es mir ein Luftkuss und winkte mir zum Abschied zu.

Zum Glück war alles gut ausgegangen, nur unseren Urlaub durften Paul und ich leider nicht nachholen. Stattdessen bekamen wir von meinem Boss da oben einen neuen Auftrag, den wir erledigen sollte.

22

Der Boss gönnte uns zwar keinen Urlaub, aber ein paar Tage Entspannung, in denen nichts passierte. Paul lag meistens nur auf der faulen Haut, ich ging viel spazieren, denn ich wollte mir mal so richtig den Wind um die Nase wehen lassen.

Als ich wie gewohnt ganz gemütlich durch die Gegend lief, hörte ich plötzlich eine riesige Explosion. Sie war so laut, dass im Umfeld von 80 Metern alle Scheiben der Häuser kaputt gingen. Ihr könnt euch vorstellen, dass mein kleines Katzenherz ganz schön raste.

Aber irgendwas war anders als sonst, ich hechelte und musste mein Bein beim Pinkeln immer wieder anheben.

„Keks, zu mir, komm schnell ins Auto! Wir haben einen Einsatz!“, rief auch schon jemand.

Plötzlich fiel es mir wie Schuppen von den Augen – ich war eine Katze mehr, sondern ein Hund. Oje, das hatte mir gerade noch gefehlt. Aber wenigstens war ich kein normaler Straßenköter, das hätte mir gerade auch noch gefehlt, sondern ein Suchhund, der Verschüttete aufspüren musste. Und nun stand mein erster Einsatz auf dem Plan.

Am Unfallort angekommen, sah ich eine riesengroße Wolke und alles war voller Staub, der ganz schön in meiner Nase kitzelte. Doch erst nach und nach konnte man das ganze Ausmaß der Katastrophe wirklich erkennen. Ein Wohnhaus mit vier Stockwerken war eingestürzt. Viele Helfer versuchten, Verletzte zu bergen und Ordnung in das Chaos zu bringen.

Mein Hundeführer rief nun: „Keks, los such!“

Ich schnüffelte mich durch das Geröll und hörte plötzlich hinter mir einen Mann schreien: „Meine Familie, meine Familie!“ Ihm war der Schock ins Gesicht geschrieben. Ich musste also wirklich mein Bestes geben, das wusste ich. Was ich nicht wusste, war, wie viele Leute verschüttet waren. Also schnüffelte ich unbeirrt weiter. Ich versuchte, mit meiner feinen Nasen irgendeinen menschlichen Geruch wahrzunehmen, und roch, was das Zeug hergab. Dann fand ich etwas und bellte, so laut ich konnte. Die Retter gruben sofort an dieser Stelle und fanden ein kleines Mädchen – fast unverletzt. Ich leckte der Kleinen vor lauter Freude erst einmal quer durch das Gesicht. Man lobte mich. Doch zur großen Freude blieb mir nur der kurze Moment, ich musste sofort weitermachen. Die Zeit rannte.

Langsam wurde es dunkel, sodass einige Helfer riesige Scheinwerfer aufstellten. Sollten sich noch weitere Menschen unter den Trümmern befinden, dann mussten wir uns weiter beeilen. Auch mein Hundeführer arbeitete wie besessen. Eigentlich hätte man ihn vom Unfallort fernhalten müssen, denn er war schon seit Stunden auf den Beinen und todmüde, doch er ließ sich nicht ablösen. Er rief: „Keks, such weiter!" Aber auch mich verließen langsam Kräfte, das spürte ich deutlich.

Der Einsatzleiter hatte dies bemerkt und rief: „Die Hunde brauchen jetzt mal eine Pause, sie sind nun schon mehr als acht Stunden auf der Suche nach Verschütteten!"

Wir hatten einige Menschen retten können, doch noch immer wussten wir nicht, ob noch weitere unter den Bergen von Schutt lagen. Trotzdem beschlossen die Verantwortlichen, die Suche für zwei Stunden zu unterbrechen. Es half niemanden, wenn auch die Retter zusammenbrechen würden.

Doch mein Hundeführer wollte nicht einfach aufgeben, denn – und das erfuhr ich erst jetzt – seine Frau und seine beiden Kinder waren ebenfalls bei diesem Unglück verschüttet worden. Er hatte mit seiner Familie in diesem Haus gelebt. „Keks, komm, lass mich nicht im Stich. Wir werden sie finden!", flüsterte er mir hoffnungsvoll zu.

Auch ich spürte, dass wir sie finden würden. Zu unserem Leidwesen setzte nun auch noch Regen ein und unsere Arbeit wurden noch schwerer. Doch dann endlich passiert das Unglaubliche! Mein Hundeführer bekam einen Anruf, er setzte sich hin und weinte – aber nicht aus Verzweiflung, sondern vor lauter Glück. Er bekam die Nachricht, dass seine beiden Kinder und seine Frau nicht unter den Trümmern und schon auf dem Weg hierher waren. Sie hatten sich zum Zeitpunkt des Unglücks gar nicht im Haus befunden. Ihr könnt euch sicherlich vorstellen, dass ich nun den glücklichsten Mann auf dieser Welt an meiner Seite hatte.

Bald darauf konnte mein Hundeführer seine Familie in den Arm nehmen. Sie erzählten ihm, dass sie alle aus dem Haus gegangen waren, da sie kurz zuvor einen Gasgeruch wahrgenommen hatten. Kurz danach hatte es einen riesigen Knall gegeben. Bis auf zwei oder drei Menschen hatten es aber alle geschafft, das Haus rechtzeitig zu verlassen.

Mein Führer flüsterte mir leise zu: „Danke, für das, was du getan hast. Ich werde dich immer in mein Herz tragen, Keks.“

Als ich nach Hause kam, lag Paul noch immer auf dem Sofa und schlief. Dieser faule Kerl hatte tatsächlich nicht mitbekommen, dass ich stundenlang außer Haus gewesen war.

„Vielleicht wäre es gut, wenn ich mal eine Auszeit nehmen und Paul einige Aufträge alleine ausführen würde“, dachte ich mir im Stillen. Wie schnell mein Wunsch Wirklichkeit werden würde, ahnte ich zu diesem Zeitpunkt jedoch noch nicht.

23

Auch in den folgenden Tagen erhielten wir von unserem obersten Boss keinen Auftrag mehr. Natürlich machten wir uns langsam große Gedanken darüber, denn es war nicht normal, so lange nichts von ihm zu hören. Und offen gestanden war uns auch ein wenig langweilig. Wir erzählten sich gegenseitig Geschichten und schwelgten in Erinnerungen, doch lange Zeit passierte ... nichts.

Doch dann spürten wir, jeder auf seine Weise, dass sich in unserem Leben etwas verändern würde. Dass die Wolken sich verdunkelten und ein Sturm aufkam. Und auch, wenn wir uns gegenseitig immer und immer wieder versicherten: „Es ist alles okay. Wir müssen uns keine Sorgen machen.“, wussten wir dennoch tief in unserem Inneren, dass dies nicht stimmte.

Eines Tages aber brach es aus mir heraus. Ich hatte nichts geplant, nicht vorab darüber nachgedacht: „Bitte, Paul“, sagte ich, „folge mir fürs Erste nicht. Unsere Wege trennen sich für einige Zeit. Halte dich daran, ich müsste sonst etwas tun, was ich nicht tun möchte.“

Paul war nach meinen Worten total geschockt, er konnte nicht fassen, was seine Zaubermaus gerade gesagt hatte. Er sollte seiner Zaubermaus nicht folgen? „Seit Jahren gehen wir beide durch dick und dünn. Und auch wenn es ab und zu Reibereien gab, haben wir doch immer zusammengehalten. Zaubermaus, was ist los?“

Doch ich antwortete ihm nicht, sondern nahm ihn nur kurz in den Arm. „Geh!“, sagte ich nach einer Weile.

***

Ich verstand das alles nicht. Was hatte Zaubermaus da gerade zu mir gesagt? Ich, Paul, ihr bester Freund, ihr Weggefährte, ihr Schicksalsgenosse, sollte sie verlassen – vielleicht sogar für immer. Ich verließ das Hotelzimmer, weil ich für einen Moment alleine sein wollte. Ich ging spazieren, ohne bestimmtes Ziel, und hoffte, dass nach meiner Rückkehr alles wieder ganz normal sein würden. Dass sich Zaubermaus alles noch einmal überlegt hatte.

Nach Stunden, so schien es mir, stand ich wieder vor unserer Hotelzimmertür. Ich klopfte, was ich sonst nie tat, doch es tat sich nichts hinter ihrer Tür. Also öffnete ich sie, doch Zaubermaus war nicht mehr da. Stattdessen sah ich einen verschlossenen Brief auf dem Tisch liegen, auf dem stand: *Für Paul.* Ich setzte mich an den Tisch und öffnete den Brief.

Lieber Paul,

ich weiß schon seit ein paar Tagen, dass mir ein neuer Auftrag ins Haus steht. Der Boss hat mich heimlich kontaktiert, als du geschlafen hast. Bei diesem neuen Auftrag kann ich dich leider nicht mitnehmen, es wäre zu gefährlich für dich. Und da ich weiß, dass du gerne ab und zu übers Ziel hinausschießt, hab ich beschlossen, dieses Mal alleine zu gehen. Bitte verzeih mir und pass gut auf dich auf. Wir werden uns bestimmt bald wiedersehen.

Deine Zaubermaus

Ich konnte es nicht fassen, was ich gerade gelesen hatte, ich grübelte Stunde über Stunde darüber nach. Ging jeden Auftrag im Geiste noch einmal durch, den wir in den letzten Monaten erledigt hatten. Doch mir fiel nichts ein, wo ich vielleicht über das Ziel hinausgeschossen war. Klar, manchmal war ich ungestüm – was erwartete man auch sonst vom Sohn des Teufels –, doch ich hatte dazugelernt und war schon lange nicht mehr so hitzköpfig wie am Anfang unserer Zusammenarbeit.

Je mehr ich nachdachte, desto komischer kam mir auch der Brief von Zaubermaus vor. Vielleicht stimmte die Sache mit dem neuen Auftrag ja auch gar nicht. Denn eigentlich meldete der Boss seine Aufträge vorher nie an, sondern schupste und einfach hinein. Warum also hätte er Zaubermaus dieses Mal vorab mitteilen sollen, um was es ging?

Bald war ich sogar sehr sicher, dass Zaubermaus nicht einfach so für einen neuen Auftrag verschwunden war. Und dann fiel mir eine Begebenheit ein, die sich vor etwa zwei Wochen ereignet hatte. Nach der Sache mit dem alten Mann mit dem Steinherz. Als wir nämlich das Haus bereits verlassen hatten, kam uns auf der Straße eine schwarze Gestalt entgegen, die Zaubermaus anrempelte, sich kurz entschuldigte und ihr dann etwas in die Hand drückte.

„Nur ein Zettel", hatte Zaubermaus gesagt, als ich sie danach gefragt hatte.

Hatte es nicht danach auch angefangen, komisch zwischen ihnen zu werden? Waren nicht seitdem diese dunklen Wolken aufgezogen? Ich wusste mir keine Antwort auf meine Fragen, aber ich wusste, dass ich diesen Zettel finden musste. Also stellte ich das ganze Zimmer auf dem Kopf. Doch auch nach Stunden hatte ich nichts gefunden. Dann fiel mein Blick auf dieses äußerst geschmacklose Bild an der Wand, das ein wenig schräg hing, seitdem wir das Zimmer bezogen hatten. Das störte mich gerade so sehr, dass ich es geraderücken wollte. Als ich das Bild berührte, fiel ein kleiner Zettel aus dem Rahmen. Ich hob ihn auf und öffnete ihn. Doch es stand nichts geschrieben darauf, er war nur bedruckt mit Bildern von Zaubermaus und mir. Ob das wirklich der Zettel war, den er Unbekannte damals Zaubermaus zugesteckt hatte? Ich zweifelte. Aber dann überlegte ich, aus welchem anderen Grund Zaubermaus ihn wohl in diesem Bilderrahmen versteckt haben konnte?

„Vielleicht spinne ich mir ja auch nur einen zurecht", dachte ich, „vielleicht macht Zaubermaus nur einen langen Spaziergang und will mich ein wenig ärgern."

Also beschloss ich, erst einmal nichts zu unternehmen. Als ich aber nach zwei Tagen noch immer kein Lebenszeichen von Zaubermaus erhalten hatte, hielt ich es nicht mehr aus. Ich musste Zaubermaus finden und herausbekommen, was das alles zu bedeuten hatte. Gerade als er das Zimmer verlassen wollte, hörte ich Geräusche vor der Tür und Stimmen.

Eine sprach: „Sie sagte, er wäre in seinem Zimmer. Nun los, mach schon."

Geistesgegenwärtig verwandelte ich mich sofort in meine wahre Gestalt und verschwand als Maus unter dem Schrank. Keinen Moment zu spät, den ich hörte, wie sich diese Typen da draußen am Schloss zu schaffen machten und die Tür öffneten. Sehen konnte ich sie nicht in meiner Deckung, aber ich hörte, wie einer der beiden – ich hatte vier Füße ausmachen können – sagte: „Stop, stop, er ist nicht hier. Kommt, lasst uns von hier verschwinden."

Ich dachte: „Oh man, da hatte ich ja noch mal Glück." Doch ich wusste auch, dass ich mich beeilen musste. Vielleicht konnten diese beiden Gestalten mir ja den Weg zu Zaubermaus zeigen. Also heftete ich mich an ihre Fersen. Noch bevor sie mit ihrem Wagen davonfahren konnten, hüpfte ich hinten auf die Ablage des Wagens und versteckte sich unter einer Plane. Das hätte ich wahrscheinlich nicht mal machen müssen, denn als Maus nahmen mich die meisten Menschen in ihrem Alltag gar nicht wahr.

Die beiden Männer fuhren einen alten Geländewagen und ich wurde kräftig durchgeschüttelt, was mir den ein oder anderen blauen Fleck bescherte. Aber das war mir egal, ich hatte nur ein Ziel – ich wollte meine Zaubermaus finden und, wenn es sein musste, sie auch retten.

Nach gut sechs Stunden Fahrzeit hielt der Wagen endlich an einer großen Lichtung. Ich hüpfte von der Ablage und versteckte mich hinter einem kleinen Busch.

Dann rief einer der Kerle: „Komm, lasst uns endlich das Wesen, das wir seit Jahren verfolgen, endlich zur Rede stellen. Vielleicht können wir damit auch reich werden. Vor allem diese komischen

Goldflügel und die Krone sind viel wert. Aber vorher müssen wir auf jeden Fall herausfinden, was das Wesen hier sucht. Wer weiß, vielleicht kann man mit seinem Geheimnis noch mehr Geld verdienen als mit den Flügeln und der Krone."

Ich hörte alles, was sie sprachen, konnte mir aber noch immer keinen Reim darauf machen. Zaubermaus trug hier auf Erde keine goldenen Flügel und eine Krone schon mal gar nicht. Wen hielten sie dort gefangen? Ich schlich mich zu dem Gebäude hin, hüpfte auf eine kleine Kiste und sah durch das zerschlagene Fenster. Doch was ich sah, gefiel mir gar nicht: Meine Zaubermaus gefesselt und sie rührte sich nicht. Ihr Kopf hing leblos runter. Mir trieb es Tränen in die Augen, dennoch wartete ich, bis es dunkel genug war, und schlich dann ins Gebäude hinein.

Ich flüsterte leise: „Zaubermaus, Zaubermaus, ich bin's, dein Paul." Doch sie rührte sich nicht und sagte keinen Ton. Gerade als ich Zaubermaus berühren wollte, hörte ich Stimmen.

Einer der Männer sagte: „Wer von euch hat die Tür aufgelassen? Wie oft hab ich euch gesagt, ihr sollt sie verschlossen halten. Ihr wisst ganz genau, dass sie Megakräfte hat."

Zum Glück entdeckten sie mich nicht, da ich mich im letzten Moment hinter eine große Kiste geflüchtet hatte. Von hier aus hatte ich einen guten Blick auf das Geschehen und konnte beobachten, wie sie Zaubermaus nun mit einem Elektroschocker traktierten. Immer wieder stießen sie ihn ihr in die Rippen. Das Fell war an dieser Stelle schon ein wenig verkohlt.

Zum Glück lebte Zaubermaus aber noch, denn sie flüsterte kaum hörbar: „Ihr könnt mich foltern, mich schlagen oder mich töten. Ich werde euch nicht sagen, wo mein Paul ist. Und wenn ihr mich heute tötet, werde ich endlich erlöst sein."

Als ich das hörte, flehte ich leise: „Bitte, Vater, lass es nicht zu, dass es heute und hier in dieser hässlichen Hütte endet. Bitte hilf mir und gib mir die Kraft, Zaubermaus zu befreien."

Kaum hatte ich mein Stoßgebet zum Himmel gesandt, da bebte die Erde und einer dem Kerle rief: „Riecht ihr das nicht? Es riecht nach ... Schwefel!"

Zaubermaus rief leise: „Paul, nein, Paul, tu es nicht!"

Doch ich konnte das Ganze nicht mehr beeinflussen. Das Beben wurde stärker und stärker und dann passierte das Unglaubliche – aus mir wurde der Leibhaftige, der Teufel selbst. Die Hörner spitz, der Schwanz gespalten, die Augen glühend rot. Aus meinem Mund trat Schwefel au. Schon hielt ich Zaubermaus auf meinen Armen, da wurde ich von diesen Männern angegriffen. Ich legte Zaubermaus also wieder sanft ab und wandte mich um. „Was habt ihr vor und warum jagt ihr uns seit Jahren hinterher?"

Ein Mann brüllte: „Wir brauchen keine Geschöpfe, wie ihr es seid, auf unsere Erde!" Dann griffen sie an. Doch ich war stärker als sie, viel stärker. Mit einem Wisch fegte ich sie beiseite. Nun versuchten sie, zu entkommen, voller Panik, doch ich wollte dem Ganzen endlich ein Ende setzen und griff mir einen nach dem anderen.

Immer wieder aber rief flehte Zaubermaus: „Paul, bitte tu es nicht." Doch ich überhörte ihr Flehen, verstand es nicht. Ich kämpfte weiter. Nur mit dem Anführer ließ ich mir mehr Zeit.

Doch als der lauthals lachte und sich dabei eine kleine Narbe am Hals zeigte, hatte ich eine Ahnung, um was es hier ging. „Wer hat euch geschickt?", fragte ich.

„Du weißt es nicht?" Er sah mich an und grinste höhnisch. „Das Böse wird immer die Macht auf der Erde haben. Ihr, Zaubermaus und du, ihr könnt nicht allen helfen und nicht alle Feinde besiegen."

Mein Zorn wurde immer größer. „Du täuschst dich." Dann griff ich mir auch diesen Typen ... und erledigte ihn. Ich ging zu Zaubermaus und kniete vor ihr nieder, sie war schwach und voller Wunden. „Es ist vorbei, Zaubermaus", sagte ich.

Zaubermaus schluckte und flüsterte: „Paul, was hast du nur getan?"

„Ich hab dich gerettet, Zaubermaus. Wir sind ein Team und gehören zusammen."

„Paul, du hast nichts verstanden, nichts verstanden", flüsterte sie und ich konnte sie kaum noch hören. „Nichts verstanden.

Nichts wird mehr so sein, wie es mal war, Paul. Nichts, mein lieber Freund."

Das waren die letzten Worte, die ich von Zaubermaus hörte. Dann erhellte sich der Himmel und ein riesiger goldener Strahl traf Zaubermaus. Ich verstand die Welt nicht mehr. Gerade wollte ich die Hand von Zaubermaus nehmen und ihr sagen, dass alles gut werden würde, da war Zaubermaus wie von Zauberhand verschwunden.

Ich war alleine und rief verzweifelt: „Zaubermaus, wo bist du? Was soll ich tun? Bitte gib mir ein Zeichen!"

Und dieses Zeichen fand ich tatsächlich. Es lag in einer Kiste, die plötzlich vor mir aufgetaucht war. Als ich sie öffnete, sah einen Brief darin und las ihn:

Hab Geduld, Paul, du wirst eine Zeit alleine sein. Tu nur das, was du für richtig hältst. Hilf denen, die deine Hilfe brauchen, und überlege genau, was du tust.

War das eine Prüfung für mich? Ich wusste es nicht, aber mir war klar, dass ich nicht ohne Zaubermaus sein wollte. Sie war verschwunden – ich würde sie suchen. Und ich gab ihr das Versprechen, dass ich sie finden würde ...

Bücher von Ingo Schorler

Alle Titel sind auch als E-Book erhältlich.

Der Autor

Ingo Schorler: Jahrgang 1967, schreibt seit einigen Jahren Geschichten über Zaubermaus. Er ist Schulhausmeister und arbeitet seit 1990 im öffentlichen Dienst.

Unser Buchtipp

Ingo Schorler
Zaubermaus im Katzenhimmel
ISBN: 978-3-86196-755-2 - Band 1
Taschenbuch, 120 Seiten

Als Zaubermaus stirbt und in den Katzenhimmel kommt, ahnt sie noch nicht, dass hier alles andere als Harmonie und Freude herrscht. Denn der Katzenhimmel ist in Gefahr: Eine unbekannt, grauenvoll böse Macht versucht, das Reich des Katzengottes zu unterwerfen.

Zaubermaus und ihre neuen Freunde haben alle Hände voll zu tun, um sechs goldene Schlüssel zu finden. Eine magische Reise durch den Katzenhimmel beginnt und bringt so manches gefährliche Abenteuer mit sich.

Werden es die Freunde schaffen, das Schicksal zu wenden?

Unser Buchtipp

Ingo Schorler
Zaubermaus
Ein Katzenengel auf Erden
978-3-86196-840-5 - Band 2
Taschenbuch, 120 Seiten

Endlich ist es so weit! Das Abenteuer im Katzenhimmel ist glücklich zu Ende gegangen. Nun macht sich Zaubermaus auf dem Weg zur Erde, um hier vielen Menschen zu helfen, die in Not geraten sind. Diesen Auftrag hatte ihr der Katzengott höchstpersönlich gegeben.

Leider hatte er vergessen, ihr mitzuteilen, dass sie nicht nur als Katze, sondern auch in anderer Gestalt auftreten wird. Und das sorgt auf der Erde für mächtig viel Verwirrung ...

Vorschau

Ingo Schorler
Auf der Suche nach Zaubermaus
ISBN:978-3-96074-382-8 - Band 4
Taschenbuch, 120 Seiten

Die Welt hatte sich für Paul in den letzten Wochen stark verändert. Zaubermaus war verschwunden und er spürte, dass er sie suchen musste. Zudem hatte er ihr ja versprochen, sie zu finden. Doch wo war sie? Wie konnte er zu ihr kommen? Fragen über Fragen.

Doch eines Nachts hörte Paul eine leise Stimme: „Hör auf dein Herz, Paul. Du musst Zaubermaus suchen, sie zählt auf dich!" Nun gab es kein Halten mehr für ihn, denn er wusste, Zaubermaus war in Gefahr ...

www.ingramcontent.com/pod-product-compliance
Lightning Source LLC
LaVergne TN
LVHW091326190726
843491LV00002B/587

* 9 7 8 3 8 6 1 9 6 9 8 3 9 *